硝子の鳥

新堂冬樹

角川文庫
18102

1

百人町《ひやくにんちよう》……ラブホテルや連れ込み旅館は、誰からも相手にされなくなった老人のように、寂しげに放置されていた。

二〇〇五年に施行された「新宿浄化作戦」で、歌舞伎町《かぶきちよう》、百人町の性風俗店が警察の強引な取り締まりにより次々と摘発された。

十数年前までは、タイ、フィリピン、中国、ロシア、ブラジル、コロンビアと、様々な国の娼婦《しようふ》達が、国籍別に振り分けられたエリアに二メートル間隔で密集し、通りかかるのが男性であれば見境なく片言の日本語で「営業」していた。

当時は、「アソブ?」の日本語と二万円を指すVサインだけで月に百万近く稼ぐ娼婦も珍しくはなかった。

片端から娼婦の摘発、強制送還が繰り返された二次被害で、彼女達が客を連れ込むことで潤っていたラブホテルや連れ込み旅館は大事な「顧客」を失い、一気に衰退した。

娼婦だけではなく、「ナンデモアルヨ」の決め言葉でイラン人プッシャーが、覚醒剤《かくせいざい》、コカイン、LSD、大麻を高校生にまで売りつける光景が頻繁にみられた。

歌舞伎町が危険地帯ならば、百人町近辺は無法地帯という表現がよく似合った。

そんな百人町も、すっかり娼婦や売人の姿は消え失《う》せ、韓国焼肉店、韓国家庭料理店、韓国スーパー、韓国式マッサージ、韓流《ハンりゅう》タレントショップなどが軒を連ねる一大コリアンタウンとして新宿の新しい観光地へと変貌《へんぼう》を遂げていた。

グルメ情報誌や観光ガイドブックで、コリアンタウン特集を組むことはいまや常識になりつつあった。

街に溶け込んだグレイのスエット姿の梓《あずさ》は、韓国屋台のベンチに腰を下ろし、生温《なまぬる》いビールのグラスを傾けていた。

渋谷《しぶや》や青山《あおやま》の店で、日曜の夕方にこんな格好で酒を呑《の》んでいたら好奇の視線も集まるが、コリアンタウンなら違和感がない。

逆に、高価なブランド品で身を固め小洒落《こじゃれ》たカクテルなどを呑んでいたほうが、この街では浮いてしまう。

梓は、トッポギを口に放り込みつつ、通りの斜向《はすむ》かい……韓流タレントショップに群がる中年の日本人女性に視線を投げた。

一時期ほどの勢いはなくなったとはいえ、韓流タレントの人気は相変わらず根強いものがあった。

「あいつら、韓国ではもう人気がないけど、日本人のおかげで大儲《おおもう》けしてる。日本人、凄《すご》くミーハーだ。梓ちゃんは、どう思うよ？」

顔馴染《なじ》みの店主——朴《パク》が白く濁ったマッコリのグラスを片手に梓の前に座り、開いてるのか瞑《つぶ》っているのかわからない細い眼を向けて朝鮮語で訊《たず》ねてきた。

五人も座れば満席のベンチとカウンターだけの店内は、梓ひとりしかいなかった。

「悪いけど、興味ないわ」

梓も朝鮮語で、素っ気なく返した。

朴にたいして、梓は在日コリアンを装っていた。

「あんた、本当に冷めてるよ」

朴が、呆《あき》れたように言った。

本当に、興味がなかった。

ただし、朴が言うような、冷めている、という意味ではない。

こうやって梓が百人町の「住人」になっているのには、ある目的があった。

その目的は、韓流スターグッズに群がる日本人の中年女性ではなく、ショップの店主だ。

——韓流タレントショップは、奴らの隠れ蓑《みの》だ。店主の李《リ》は、新手のやりかたで覚醒剤を密輸入している。

——新手の密輸入ですか？

警視庁公安部の部長——永谷《ながたに》との約一ヶ月前に交わしたやり取りが、梓の脳裏に蘇《よみがえ》った。

「最近、お客さんの羽振りはどうよ？」

マッコリを水のようにひと息に呑み干した朴は、梓の職場の話を「酒の肴《さかな》」にする気のようだ。

朴の店には、毎日のように訪れていた。

人がいい。噂話好き。店が暇。

梓が、朴の店に通い詰める理由だった。

李が日本のヤクザ組織と交流が深いという情報も、朴から得ていた。

「全然だめ。たまに指名されてもボトルも入れてくれない客ばかりだしさ……」

梓は愚痴ってみせ、空になったグラスに手酌でビールを注いだ。

歌舞伎町のキャバクラ嬢。これが、朴に偽っている梓の仕事だ。

偽っているのは、仕事だけではない。

梓という名前も偽名だ。

ただし、それは朴だけにではなく、親以外の世間にたいしてすべてだ。

公安という世界はアンタッチャブルなブラックホール——本名を含めた素性は、警察学校で同期だった人間にも部署が違えば明かさない。

公安部に配属された日から、架空の戸籍が与えられる。

なので、住居の名義も、身分証明書の類《たぐい》も、その一切が本当の自分のものとは違う。片桐《かたぎり》梓になって四年……牧瀬《まきせ》香織《かおり》を捨てて四年。

抵抗がなかったと言えば嘘になる。

最初の頃は、「片桐さん」と呼びかけられてもピンとこないことが多かった。

片桐梓になって月日が経つほどに、架空の名前を名乗ることにたいしての抵抗感はなくなってきた。

しかし、いまだに複雑なのは、交際して一年の省吾《しょうご》にずっと嘘を吐《つ》き続けなければならないことだった。

「梓ちゃんは、まだいいよ。ウチなんて、ひどいもんだ」

閑古鳥が鳴く店内に、朴が首を巡らせながら言った。

「李さんてさ、いつから日本にいるの？」

梓は、話題を変えた。

朴の愚痴につき合っている暇はない。

「なんだ？　奴のことが気になるのか？」

朴が、煙草のヤニで黄ばんだ歯を剝《む》き出しに卑しい笑みを浮かべた。

「うん。李さんって、ミステリアスで気になるんだよね」

李のことを詮索《せんさく》して疑われないためには、気があるふうを装うのが一番だった。

「やめとけ、やめとけ。奴がなんて呼ばれてるか知ってるか？」

梓は首を横に振った。

「イタチだ」

「イタチ？　どうして？」

「イタチってのはな、警戒心が強くて滅多なことじゃ人前に姿を現さねえ。そのくせ、欲張りな畜生だ。自分で食べきれねえ量の鼠を殺すから、イタチの巣どこはいっつも腐臭が漂ってるのさ」

朴が、眉間《みけん》に嫌悪の縦皺《たてじわ》を刻み、吐き捨てた。

たしかに、李は警戒心が強い。

梓がコリアンタウンに潜入して約一ヶ月……一度も李の姿をみかけたことはない。

ミーハーファンを装って李のタレントショップに何度か足を運んでみたが、いつも店番をしているのは顔色が悪く痩《や》せ細った老婆だった。

——新手の密輸入って、李は、どんな方法を使ってるんですか？

——さあな。それが摑《つか》めない。ただ、李はタレントショップ以外に、歩いて十数メートルの場所にスーパーもやっている。そのスーパーをうまく利用して、覚醒剤を持ち込んでいる可能性が高い。

ふたたび、永谷との会話の記憶を蘇らせた。

もちろん、李の経営しているというスーパーにも足繁く通った。

パートタイマーの何人かとも顔見知りになったが、永谷がほしがっているような情報のかけらも引き出せていない……というより、彼女達はなにも知らないに違いない。

娼婦《しょうふ》やイラン人の密売人が消えてから、一見、警察の「新宿浄化作戦」は成功したようにみえた。

だが、実情は、なにも変わっていない。

いや、変わっていないどころか、この一、二年で押収された覚醒剤《かくせいざい》の量は「浄化作戦」以前よりも増え続けている。

とくに、芸能界、水商売関係の世界の薬物汚染はかつてないほどに広がっていた。

捕らえられた覚醒剤の常習者達は、口を揃えて、路上で見知らぬ外国人から買った、と供述するが、嘘を吐いているのは明らかだった。

――あのコリアン野郎、絶対にただじゃおかねえ！

ある日、新宿署の組織犯罪対策課の刑事に覚醒剤の密売で捕まったチンピラが、留置所で大暴れしたという情報が入ってきた。

話によれば、そのチンピラの所属する組織は、百人町のコリアンマフィアと覚醒剤の取り引きをしたが、純度の低い「ブツ」に高い金を支払わされたという。

面子《メンツ》が立たぬと抗議に出向いたチンピラは、李の配下数人に袋叩《ふくろだた》きにされた。

騒ぎを聞きつけた警官が百人町の裏路地に駆けつけたときには、コリアンマフィアらしき人物は誰もおらず、血塗《ちまみ》れのチンピラがアスファルトの上で気を失っていた。

尿検査によってチンピラの体内から微量の覚醒剤が検出され、逮捕に至ったという経緯だ。

チンピラの所属していた組織……「天昇会《てんしょう》」には、現在、報復を防ぐために十数人の武装警官隊が張りついている。

「天昇会」は、構成員数百人足らずで大組織とは言えないが、武闘派集団として警察も要注意リストに入れている。
五、六年前には、関東進出を目論《もくろ》む関西の広域暴力団の「海宝組《かいほう》」と壮絶な抗争を繰り広げ撃退したという武勇伝を持つ。
組織犯罪対策課は、この事件を機に「天昇会」を解散に追い込むべく、新宿にある本部ビルの家宅捜索を行ったが、一グラムの覚醒剤も押収できなかった。

「天昇会」の会長である波野隆吾《なみのりゅうご》は、今回の事件はあくまでも末端の組員が個人的に起こしたものであり、組織ぐるみの犯行ではなく、コリアンマフィアと取り引きした事実もないという声明を出した。

家宅捜索までして覚醒剤の押収に失敗した新宿署は面目丸潰《まるつぶ》れだと熱《いき》り立っているが、公安部にはどうでもいいことだった。

公安部の興味の対象は「天昇会」が事件に関わっているかどうかではなく、チンピラが百人町のコリアンマフィアから覚醒剤を買ったという供述の真偽だ。

「新宿浄化作戦」以降、公安部の上層部が狙いをつけているのは、北朝鮮の犯罪組織……「朝義侠《ちょうぎきょう》」だ。

「朝義侠」は北朝鮮最大のマフィア組織だが、背後では政府が糸を引いているという事実は世界的に知れ渡っている。

拉致《らち》や核兵器開発ばかりが取り沙汰《ざた》されているが、北朝鮮の国ぐるみの犯罪はそれだけではない。

世界規模で展開している覚醒剤や偽造紙幣の製造と密売、サイの角、象牙《ぞうげ》、トラの毛皮などの禁制品の捕獲と密売、他国の犯罪組織と手を組んでのマネー・ロンダリング……数え挙げればキリがない。

日本の安全保障を脅かす北朝鮮の国家的犯罪組織を壊滅に追い込むことこそ、公安部の絶対使命なのだ。

梓が永谷から聞かされている情報では、李は「朝義侠」の幹部で、日本で得たブラックマネーを、韓国を経由して「洗い」、母国に送金しているらしい。

企業にたとえれば、李は「朝義侠」の日本支社の支社長といったところだ。

「朝義侠壊滅作戦」の任務に、日本全国でどのくらいの数の公安捜査官が潜入しているのかを梓は知らされていない。

それどころか、自身が受け持つ百人町エリアでさえ、何人……いや、何十人の「同僚」が任務に就いているのかを知らない。

公安捜査官同士、横の繋《つな》がりができることで話が広まり、情報が「朝義侠」の関係者に漏洩《ろうえい》する恐れがあるからだ。

上層部は、たとえ部下のことでも全面的には信用しない——それが、梓が身を置く「公安」という組織だ。

「李さんって、そんなにヤバい人なんですか？　私が聞いた話では、変わった人だけど真面目な男性だって……」

誘い水——梓は、不満げに唇を尖《とが》らせてみせた。

「奴が真面目だって⁉　冗談だろう？　奴はな、シャブを扱ったりしてるような男だぞ⁉　あんた、クスリ漬けにされてもいいのか⁉」

朴が、マッコリのグラスの底をテーブルに叩きつけ、興奮した口調で捲《まく》し立てた。

「シャブ⁉　シャブって、覚醒剤⁉」

梓は眼を白黒させ、素頓狂《すっとんきょう》な声を上げた。

公安部の優秀な捜査官は、優秀な役者でなくてはならない。

ヤクザ、左翼、宗教団体の信者……潜入捜査では、周囲の眼を欺くだけの演技力が必要になる。

バレてしまえば、命を落とす危険性と隣り合わせの任務なのだ。

「そうだ。ここらの住人はみな知ってるよ。奴は日本のヤクザにシャブを売り捌《さば》いてやがるとんでもねえ男だ。あんな野郎がいるから、俺らみたいな真っ当なコリアンまで白い眼でみられちまう。あんただって、在日コリアンってこと店では伏せてんだろ？」

「噂だけで、そんなことを言うのはよくないわ。朴さん、なにか根拠でもあるわけ⁉」

梓は、憤然としてみせながら、朴から情報を引き出そうとした。

「ああ、当然だ。俺は、奴のシャブのルートを知ってるからな」

朴が、ひしゃげ気味の小鼻を膨らませ得意げに胸を張った。

「どうして、朴さんがそんなこと知ってるのよ？」

どんなルート？

梓は、そう訊《き》きたい衝動を抑え、素朴な感じを装った。

ここで焦ってしまえば、せっかく築き上げた「情報網」を失ってしまう。

「こうみえても、俺は顔が広いからな。裏社会の事情もその気になれば……いらっしゃい！」

梓の背後に視線を移した朴が、営業スマイルを浮かべつつ腰を上げた。

「ご馳走《ちそう》さま。また、くるわね」

貴重な三人連れの客を逃してなるものか、という気迫に溢《あふ》れた朴をみて、梓も千円札を置いて席を立った。

今夜は、ここが潮時のようだ。

あまりにガツガツと食いついてしまえば、逆に警戒される恐れがあった。

潜入捜査は、釣りと同じで忍耐力が問われるものだ。

潰《つぶ》れたラブホテルの敷地内に足を踏み入れた梓は、携帯電話を手にした。

周囲に人がいないのを確認し、リダイヤルボタンを押した。

『私だ』

一回目のコール音を遮るように、永谷の低く硬質な声が流れてきた。

「カラスの卵の仕入れ法を、スズメが知っているそうです」

カラスは李で卵の仕入れ法は覚醒剤の密輸入ルート、そして、スズメは朴のことだ。

公安によって隠語の使いかたは様々だが、梓の所属する部署ではホシのことをカラス、情報提供者をスズメでたとえることが決まりになっていた。

『そうか。一度、戻ってこい』

「大スクープ」にも永谷は興奮することなく、落ち着いた口調で言った。

「途中でお客がきたので、卵のことについてはまだ聞いてません。明日、情報を確認次第、報告に伺いますので」

『わかった。報告を待っている』

手短に言うと、永谷が電話を切った。

梓は、携帯電話をスエットのポケットにしまい、廃墟《はいきょ》と化したホテルを出た。

これから、日課になっている李の経営する韓国スーパーに寄り、一度も会話したことのない年配のパートの女性に接触するつもりだった。

どこに張った網に大魚がかかるかわからない。

朴にしても、でたらめを言っている可能性もあるので過剰な期待は禁物だ。

背後に、人の気配を感じた。

咄嗟《とっさ》に梓は、出たばかりの「廃墟」の敷地内に戻った。

速いリズムを刻む足音が、大きくなってきた。

梓は息を殺し身を潜めた。

こんな人気《ひとけ》のないラブホテル街にいる姿を誰かにみられるのは避けたかった。

少しの綻《ほころ》びが取り返しのつかないミスに繋がるかもしれないのだ。

門扉の向こう側……梓の視界を見覚えのある男が横切った。

反射的に、梓は携帯電話を取り出しロックを解くと写真ホルダを開いた。

このホルダには、公安部でマークしている人物の顔写真が複数保存されていた。

次々とディスプレイに浮かぶ写真の一枚にカーソルを当て、クリックした。

えらの張ったホームベース形の輪郭、インクのないマジックで擦《こす》ったような公家眉《くげまゆ》、情を感じさせない薄い唇……。

同一人物――李に間違いない。

李のあとを追おうとホテルの敷地を飛び出した梓の背後で、派手な衝撃音がした。

梓は足を止め振り返った。

放置された自転車に覆い被《かぶ》さるようにうつ伏せに倒れる男。

「大丈夫ですか⁉」

梓は、男のもとに駆け寄った。

男は、警備会社の制服を着ていた。

「どうしまし……」

男の断末魔の叫びが、梓の問いかけを遮った。

最期の力を振り絞り仰《あお》向《む》けに転がった男の腹は、みぞおちから性器のあたりまで切り裂かれ、パックリと開いていた。

傷口からは薄い紫がかった肌色をした胃や腸がうなぎのようにぬるぬると溢れ出した。

臓物とともに地面に零《こぼ》れ落ちた大便から立ち昇る悪臭に、横隔膜が痙攣《けいれん》した――背中を波打たせた梓の口から、大量の吐《と》瀉《しゃ》物が撒《ま》き散らされた。

潤む視界に、立ち止まり振り返る野良猫の姿が滲《にじ》んで映った。

2

照明がレーザーライトに変わり、赤、青、緑の光線がハイテンポなクラブミュージックで刻まれたフロア中を駆け巡った。

各ボックスソファでは、佐久間《さくま》と同年代の男達が娘のようなキャストを鼻の下を伸ばして口説いていた。

「ねえねえ、お客さん、なんのお仕事？」

瞬《まばた》きするたびに風がきそうな長い付け睫毛《まつげ》の女……ヘルプのマリエが、首を傾げて訊《たず》ねてきた。

キメ顔のつもりか、いちいち話し終わるたびに上唇を突き出し気味にするアヒル口が癪《しゃく》に障った。

「なんだっていいだろ」

佐久間は素っ気なく言いつつ、フロアに首を巡らせた。

花梨《かりん》の姿は、どこにも見当たらなかった。

店側が、ほかの指名客からはみえない位置に彼女を座らせているのだろう。

たしかに、花梨が別の席で男と愉《たの》しそうに話しているのを眼にするのは気持ちのいいものではない。

だが、みえないとなればまた、どんな顔をしてどんな会話をしているのかが気になるものだ。

「じゃあ、私が当てるね。お洒落《しゃれ》なスーツ姿はサラリーマンにはみえないし、うーん、でも、夜のお仕事の人にもみえないし……お金持ちっぽいし……。わかった！　弁護士さんでしょう?」

頼みもしないのに、マリエが勝手にハイテンションに推理した。

「違うよ」

佐久間はぶっきら棒に言うと、グラスに半分ほど残っていたハイボールを吞《の》み干した。

フランク・ミュラーの腕時計に視線を落とした。

午後十一時二十分。

花梨がほかの客のテーブルに行って、もう三十分が経つ。しかも、佐久間が店に入って二時間のうちに四度も席を離れている。

指名ナンバーワンの売れっ子キャストなので忙しいのは仕方がないが、今夜は、まだ十五分くらいしか付いていない。

煙草を取り出した佐久間は、マリエの差し出したライターの火を無視して自分のダンヒルのライターで穂先を焙《あぶ》った。

須崎《すざき》から入る裏金を、イタリアスーツや高級腕時計に費やしているのも、「ファレノプシス」にきて花梨に会うためだった。

須崎の口利きで店で遊ぶ金はかかっていないが、花梨にはシャネルやエルメスのバッグや時計をプレゼントするために、四百万は使っていた。

もともと本業で稼いだ金ではないので懐は痛まず、最初からなかったものだと考えればよさそうなものだが、危険な橋を渡って手にしてきた「臨時収入」なので、そう簡単に割り切れはしなかった。

一歩間違えば職を失うだけでなく、命まで失う恐れがあった。

「なら、お医者さん……なわけないか。お客さん、危ない感じがするもん。でも、ヤクザさんにはみえないしな」

客が不愉快になっていることに少しも気づいたふうもなく、マリエは「仕事当て」クイズを続けた。

自然と、右足が貧乏揺すりのリズムを取った。

ただでさえ花梨が席を離れたことで不機嫌になっている佐久間の感情に、マリエは油を注いでいるようなものだった。

「もしかして、政治家とか？　政治献金とかいうの一杯貰《もら》ってさ。だから、高そうな物も買えるんだ？　ねえ、どう？　いい線ついてるでしょ？」

また、アヒル口……佐久間の忍耐も限界だった。

「おい、いい加減に黙れっ」

「え……？」

マリエが、眼をパチクリとさせきょとんとした表情で佐久間をみつめた。

それがまた、佐久間のいら立ちに拍車をかけた。

「少しは黙ってろって言ってんだよっ。お前、そんなふうだから客が付かなくてヘルプ止まりなのがわからないのか!?　空気は読めないわ客の気持ちを考えようともしないわで耳障りな声を聞かされ続ける俺の身にもなってみろ！　わざわざお前なんかの不細工なツラみにきてんじゃないんだよっ」

言い過ぎている。わかっていた。

しかし、目当てのキャストの不在で溜《た》まったフラストレーションが、佐久間に毒を吐かせ続けた。

「ひどい……」

マリエの顔が歪《ゆが》み、食虫花のような付け睫毛の奥の瞳《ひとみ》にみるみる涙が盛り上がった。

佐久間のサディスティックな本能に火がついた。

「汚いツラが余計に醜くなるだろうが！」

「お客様、困ります！」

ボーイが、血相を変えて飛んできた。

見慣れない顔だ。

入ったばかりの新人なのだろう。自分のことを、知らないに違いない。

「あ？　なんだって？」

佐久間は、鋭い眼光でボーイを睨《ね》めつけた。

「マナーを守って頂けないのなら、退店して頂きます」

ボーイは怯《ひる》むことなく、毅然《きぜん》とした口調で言った。

「ほう、この俺に出ていけと？　この俺を追い出すと？」

ボーイに詰め寄りながら、佐久間が威圧した。

「ええ、ほかのお客様の迷惑になりますから！」

熱血漢は換言すれば、ただの馬鹿だ。

この怖い物知らずのボーイは、数分後に自分の取ったすべての言動を後悔することになる。

「こんな空気読めないドブスを席に付けられた俺の迷惑はどうなる？」

佐久間の侮辱に、マリエが泣き出しそうに顔を歪めた。

「あんた、いい加減にしないか！」

激昂《げっこう》したボーイが、佐久間の胸ぐらを摑《つか》んだ。

「おいっ、お前、なにしてる！　こっちにこい！」

慌てて駆け寄ってきた店長の野村《のむら》が、ボーイを佐久間から引き離しフロアから連れ出した。

佐久間も、ざわめく客とキャストのテーブルを縫いつつ野村のあとに続いた。

「店長っ、こいつはウチのキャストを……」

「馬鹿野郎が！」

更衣室に入った途端釈明しようとするボーイの下腹に膝《ひざ》が食い込んだ。

続いて、身体をくの字に折るボーイの後頭部に肘《ひじ》を落とし、うつ伏せに倒れたボーイの脇腹や背中を蹴《け》りまくる野村。

「佐久間さん、すみませんでした」

肩で荒い息をつく野村が、深々と頭を下げた。

「こいつは、俺の胸ぐらを摑み、出て行けと言いやがった。俺とお前んとこのオーナーの関係を知らないわけじゃねえだろうな？」

佐久間は、押し殺した声音で言った。

「はいっ、もちろんです。このボーイは入ったばかりの新人でして、佐久間さんのことなにも知らなくて……」

「なら、オーナーに電話して、聞いてみるわ。今夜『ファレノプシス』で、新人のボーイに暴力を振るわれた上に出て行けと言われたが、俺のことを知らないから許してやってくれって店長に諭されたってな」

言って、佐久間は携帯電話を取り出した。

「ちょ……ちょっと、お待ちください。そ、そのような意味で言ったのではありません。もし気を悪くなさったのなら、お詫《わ》び致します！」

野村が、佐久間の足もとに土下座した。

店長が狼狽《ろうばい》するのも、無理はない。

「ファレノプシス」のオーナーは須崎といって、武闘派組織の「天昇会」の幹部である。

佐久間は、須崎にいくつもの「貸し」があった。

構成員の薬物や違法デリヘルの家宅捜査の情報……いわゆるガサ入れの情報を流して

やったことは、これまで枚挙にいとまがなかった。

クスリ、売春、拳銃《けんじゅう》所持……「天昇会」のような荒っぽく雑な組が、警察の摘発を受けずに順調にこられたのは佐久間のおかげだった。

佐久間の情報がなければ、この前の馬鹿なチンピラが北朝鮮マフィアと覚醒剤《かくせいざい》取り引き絡みのトラブルを起こしたときのように警察にパクられてしまうのが落ちだ。

ギブアンドテイク……新宿署組織犯罪対策課の佐久間にたいして須崎は、月に五十万の「顧問料」を支払い、フロント企業に任せている「ファレノプシス」にいつでも好きなときに立ち寄れるフリーパスを与えているのだった。

一方、佐久間は須崎から敵対組織の情報を得て摘発を行っていた。ショバを荒らすチンピラや外国人を〝駆除〟することで、さらに恩を売り、署内での評判も確保するのだ。

「お前の土下座なんて、一文の価値もない。本当に申し訳ないと思ってるのなら、誠意をみせろや」

「おいくらお支払いすれば……よろしいでしょうか？」

顔を上げた野村が、おずおずと訊《たず》ねてきた。

「は？　誰が金なんて言った？　俺が、忙しい中足繁《しげ》く店に通ってるのはなにが目的だと思ってんだ？　あ？」

佐久間は腰を屈《かが》め、野村の眼を覗《のぞ》き込んだ。

「花梨ですか？」

「御名答！　今夜は、女房には張り込みで帰りは朝方になると言ってある」

唇の端を卑しく吊《つ》り上げ、佐久間は意味深に笑ってみせた。

「か、花梨は、今夜は先客とのアフターの予定が入っておりまして……」

「そんなもん、キャンセルさせりゃいいだろうが」

佐久間は、にべもなく言った。

「しかし……」

「そっか。なら、やっぱ電話するわ」

「ま、待ってくださいっ。わかりましたっ、わかりましたから！」

野村が、番号ボタンを押そうとする佐久間の腕に取りすがった。

「じゃあ、区役所通り入り口の喫茶店で待ってるわ。三十分以内に、寄越してくれや」

「閉店の一時まで、まだ一時間もあり……」

「一分でも過ぎたら、オーナーに電話するからよ」

佐久間は野村を遮り一方的に告げると、腰を上げ更衣室をあとにした。

☆　　☆

十本目のショートホープを灰皿に捻《ひね》り消した佐久間は、立て続けに十一本目の煙草に火をつけ、腕時計に視線を落とした。

零時四十五分。野村に告げた約束の時間を、既に十五分も過ぎていた。

ようやく花梨を落とせるチャンスだったというのに……目の前まで釣り上げた大魚が針が外れて海に落ちたような気分だった。

「あの野郎……ナメやがって！」

佐久間はつけたばかりの煙草の火を消し、すっかり冷めたコーヒーで怒りに干上がった喉《のど》を潤すと携帯電話を手に取った。

ハッタリだと思われたら今後の示しがつかなくなるので、宣言通りに須崎に電話をかけるつもりだった。

野村がボーイをシメたように、野村もまた須崎にシメられなければならない。

このへんのケジメをきちんとしなければ、すぐに増長してしまうのがヤクザという生き物だ。

須崎の番号ボタンを押そうとしたときだった。

ドアベルが鳴り、単一電池さながらの柔道体型の身体に黒いスーツを纏《まと》い、シルバーグレイのネクタイを締めた男が現れた。

「おう、いま、お前に電話しようとしていたところだ」

椅子にふんぞり返り足を組んだ佐久間は、横柄な口調で言った。

ヤクザと接するときは、とにかく弱いところをみせてはならない。

彼らは、相手が傷つき弱っていると察知した瞬間に凶暴な肉食獣に豹変《ひょうへん》する。

佐久間には、須崎に情報を流してやっているという絶対的な強みがある。

だが、その強みは、力関係が逆転したときに弱みへと早変わりする。

獰猛《どうもう》な獣を従順にさせる鎖付きの首輪が外れないようにしなければならない。

「ウチの店の馬鹿が、ご迷惑をおかけしましたようですみません」

須崎は席に着くと、短く刈り込んだ頭を下げながら詫びの言葉を口にした。

しかし、気は抜けない。

須崎は、五、六年前に関東進出を目論《もくろ》んだ日本最大の関西広域暴力団「海宝組」との抗争の際に、先頭を切って身体を張り見事に撃退したという武勇伝を持つ。

低姿勢に出ているからといって甘くみていたら、強烈なしっぺ返しを食らう恐れがあった。

「まさか、出て行けなんて言われるとは思わなかったぜ。野村から聞いたのか？」

「ええ。あとで、きっちりケジメをつけさせますんで」

「俺はヤクザじゃねえ。チンピラの指貰《もら》ったところで、なんにも嬉《うれ》しくはない。野村から、女のことは、聞かなかったのか？」

「花梨は、勘弁してください。ほかの女なら、いくらでも用意しますから」

須崎が困惑したように、それでいながらもきっぱりとした口調で言った。

「なんでだよ？」

「大きな声じゃ言えませんが、花梨はオヤジのこれでして」

須崎が、声を潜めて小指を立てた。

「なんだって!?　花梨が会長の愛人！」

「シッ！　声が大きいですよ」

須崎が、唇に人差し指を立てて佐久間を窘《たしな》めた。

「自分の店の商品に、手をつけてるってのか？　普通、どんな下種《げす》な経営者でも、商品には手をつけないもんだろうが!?」

嫉妬《しっと》に、佐久間は冷静さを失った。

胃がチリチリと焼け、脳みそが煮沸したように熱く燃え立った。

花梨みたいにいい女があんな六十過ぎのヤクザの愛人だなどと、受け入れることができなかった。

「刑事さん。オヤジを下種だとおっしゃるんですか？」

須崎の眼が据わり、剣呑《けんのん》な光を帯びた。

「ああ、下種だろうが!?　武闘派組織の会長だなんだと言っても、やってることはただのエロセクハラオヤジじゃねえか！」

言い過ぎている、ということはわかっていた。

だが、ここで怯《ひる》めば、須崎を恐れていると思われてしまう。

「いくら刑事さんでも、言っていいことと悪いことがありますよ。俺のことを糞味噌《くそみそ》に言っても構いませんが、オヤジをコケにされちゃ黙っちゃいられませんぜ」

物静かな口調ながら、須崎の全身からは殺気立ったオーラが発せられていた。

「お前、俺にそんな口を利いてもいいのか？　お？」

正直、怖くないと言えば嘘になるが、それを悟られるわけにはいかない。

「子が親の顔に泥を塗られて黙ってちゃ、この稼業で生きていけませんよ。とりあえず、いま吐いた言葉だけは、詫びを入れてもらいましょうか」

ぞっとするほどの眼光で、須崎が佐久間を見据えた。

新しい煙草を取り出そうとしたが、手の震えがバレてしまいそうなので吸うのはやめにした。

「詫びを入れるのは、そっちのほうだろうが？　あ？　須崎。ごちゃごちゃ言ってねえで、エロ会長の愛人を連れてこいや！」

佐久間は、一歩も退《ひ》くことなく須崎を睨《ね》めつけ返すとテーブルを叩《たた》いた。

「調子に乗ってんじゃねえぞ、腐れ刑事がっ」

須崎が鬼の形相で、佐久間のネクタイを摑《つか》み引き寄せた。

「昨日、『国際警備』の警備員が百人町でひとり殺された。その警備員は、『朝義俠』と組んで覚醒剤《かくせいざい》の運び屋をやっていたらしい。個人でのつき合いか会社ぐるみかわからないが、なんらかのトラブルに巻き込まれたんだろう」

百人町で起こった「警備員殺害事件」は夜のうちに捜査会議が開かれ、捜査員にその概要が説明されていた。現場で朝義俠関係者が目撃され、警備員は以前より覚醒剤の密売に関してマークされていたらしい。

「朝義侠」の名を聞いて、須崎の顔色がさっと変わった。

「『朝義侠』は知ってのとおり、北朝鮮最大の犯罪シンジケートだ。今回の事件は、間違いなく公安が乗り出してくる。いま、お前んとこのチンピラが『朝義侠』と揉《も》めてしょっぴかれてるよな？　会長は勝手にやったことだから組は無関係だと声明を出しているが、公安にそんな戯言《ざれごと》は通用しない。奴らは、北のことになると眼の色変わるからな。お前んとこの組なんか、一発で持ってかれるぞ」

メリケン粉に顔を突っ込んだように蒼白《そうはく》になった須崎の瞳《ひとみ》は泳いでいた。

「まあ、お前の態度によっては、俺がなんとかしてやってもいいがな」

「どうすれば……？」

須崎が、それまでと一転した不安げな顔で訊《たず》ねてきた。

「助けてほしいなら、この手を離してさっさと花梨《の》に電話しろや！」

佐久間は、ネクタイを摑んでいる須崎の手を払い除け、一喝した。

「……少し、考えさせて貰えませんか？」

苦渋の表情で、須崎が腕組みをして眼を閉じた。

佐久間の要求に首を縦に振らなければ、組の存続が危ぶまれる事態になる。

が、要求を吞《の》んでしまえば、会長の愛人をほかの男に差し出すという最大の謀反を犯すことになる。

須崎の葛藤《かっとう》は、痛いほどわかる。

いまの話は、ハッタリでもなんでもなく本当のことだ。

佐久間が少しでも公安部の背を押せば、「天昇会」は壊滅するだろう。

しかし、佐久間にその気はなかった。

秘密主義とエリート意識の塊のいけすかない奴らに、花を持たせるつもりなどさらさらない。

佐久間がこの世できらいなのは、カマドウマと公安捜査員だ。

両方とも、薄気味悪く怖気《おぞけ》が走るという点で共通している。

「天昇会」もクソに変わりないが、まだ、自分を甘い蜜《みつ》にありつかせてくれるぶんだけ使い途《みち》がある。

「五分だけ、待ってやるよ」

完全にイニシアチブを握った佐久間は、煙草の火をつけ紫煙をくゆらせつつ、ベッドでの花梨の媚態《びたい》を妄想した。

泣く子も黙る武闘派幹部を脅し、従わせ、極上の女を手に入れる。

これだから、刑事はやめられない。

佐久間は、心で満足げに独りごちた。

3

西新宿の高層ビルの三十二階に入る「国際警備」の社長室は十坪ほどのスペースで、窓際に設置された長机には五台のパソコンが並べられ、壁には十数台のモニターが埋め込まれていた。

「社長の島内《しまうち》と申します」

プロレスラーのようにガッチリとした体軀《たいく》を濃紺のスーツに包み、褐色の肌をした島内は、若くみえるがよくみると目尻《めじり》や額に深い皺《しわ》が刻まれ、スポーツ刈りが伸びたような髪も七割がた白いものが混じっていた。

「お忙しいところすみません。職業柄、名刺や身分証の類《たぐい》は持ち歩いておりませんが、上司に確認は取って頂けましたよね？」

「片桐梓さんの在籍は、確認取れました」

島内が頷《うなず》きながら、応接ソファに梓を促した。

島内に言ったように、公安捜査官は警察手帳や名刺を携行しない。

なので、アポイントを取るときは、訪問相手が折り返し公安部に電話を入れて部長の永谷に確認を取るというシステムになっている。

「早速ですが、先日、百人町のラブホテル街で殺害された谷原真一《たにはらしんいち》さんについてお伺いしたいことがあるんですが」

梓が本題を切り出すと、島内が露骨に不快な表情になった。

「その件につきましては、昨日、警視庁捜査一課の刑事さんにいろいろとお話ししましたが」

「刑事部と公安部は、目的とする駅が違います」

梓は、きっぱりと言った。

「同じ警察の方ですよね？　おっしゃっている意味が、よくわかりません」

島内が、怪訝《けげん》な表情で梓を見据えた。

刑事警察と公安警察の違いは、テレビドラマや映画の世界でたびたび取り上げられてはいるが、それはあくまで表面的な物事であり、深いところでその違いがわかっている者は意外にも少ない。

「刑事部が追っているのは癌《がん》細胞で、病巣を切り取ったらそれで終了です。ですが、公安部は癌細胞に蝕《むしば》まれている人体そのものを抹殺して初めて任務完了となるのです」

梓は、独特の言い回しで説明した。

「どういうことですか？　もっと、わかりやすく説明して頂けませんか？」

焦《じ》れたように、島内が言った。

「ならば、はっきり言いましょう。刑事部の目的は犯人を逮捕することですが、公安部の興味はそこにありません。私達の目的は、谷原さんを殺害した犯人が所属している組織の壊滅です。誤解を恐れずに言えば、その目的を達成することのほうが犯人逮捕よりも重要なのです」

島内が、眼を見開いた。

殺人事件の聞き込み捜査にきている刑事が、犯人逮捕は最重要ではないと言っているのだから、島内が驚くのも無理はない。

しかし、これは紛れもない事実だ。

簡単に言えば、刑事警察が個人を相手にすることが多いのにたいし、公安警察が相手にするのは個人よりもそのほとんどが組織であるということだ。

「私達のターゲットは、谷原さんを殺害した犯人が所属している可能性が高い北朝鮮の犯罪シンジケートです」

「北朝鮮の犯罪シンジケート!?」

島内が、鸚鵡《おうむ》返しに素頓狂《すっとんきょう》な声を出した。

「そうです。先日、私は偶然に殺害現場から歩いてくる男性を目撃しました。その男性は、麻薬の密売や偽造紙幣で私達が内偵していた北朝鮮の犯罪シンジケートの幹部だったのです」

「ウチの社員が、北朝鮮の犯罪シンジケートとどんな関係があったというのです?」

「それを私達も知りたいので、ご協力願っているというわけです」

「協力したいのは山々ですが、北朝鮮云々《うんぬん》は皆目見当がつきません」

「わかっています。お訊ねしたいのは、谷原さんについてのことです。彼は、『国際警備』に入る前はなにをやっていた方なんですか？」

「『谷原ジム』という格闘技団体を経営していました。本人も、若い頃はキックボクシングの選手だったようです。去年、不渡りを摑まされたとかで会社を倒産させ、ウチに面接にきました。まあ、仕事柄、いざというときのために、腕に覚えのある人間のほうがなにかと好都合なもので……」

梓は、ボールペンでメモを取りながら思考をフル回転させた。

格闘技団体を経営していたならば、興行などでヤクザとのつき合いは避けられない。

そのあたりに、今回の事件の糸口があるような気がしてならなかった。

「暴力団関係者と思《おぼ》しき人物の影はありませんでしたか？」

「個人レベルではどうだかわかりませんが、少なくとも私の耳にはそういう話は入ってきていませんね」

梓は、島内の瞳の動きを窺《うかが》った。

嘘を吐《つ》いているようにはみえなかった。

永谷からの情報では、「国際警備」は警察庁のキャリア組の受け皿……天下り先となっており、特別顧問、相談役など様々な肩書きで何人かの警察ＯＢが名を連ねている。

社長である島内は国士舘《こくしかん》大学柔道部出身で、先輩や同期の多くに警察関係者がおり、その繋《つな》がりから警察庁との現在のパイプができあがった。

「国際警備」には睨《にら》みを利かせる警察OBがいるので、ヤクザも迂闊《うかつ》には近づけないというわけだ。

谷原がヤクザと繋がっているとすれば、島内の言うように個人レベルでのつき合いに違いなかった。

「どんなことでも構いません。彼についての情報があれば、教えてくださいませんか？」

「彼は千数百人いる警備員のひとりでしたし、私自身、数回しか会っていません。大変申し訳ないのですが、提供できる情報はございません」

島内は、にべもなく言った。

提供できる情報のあるなし以前に、島内からは梓に協力する姿勢が感じられなかった。

梓のアポイントが入ってからすぐに、島内は社内の天下りOBに相談したに違いなかった。

刑事部と公安部は水と油ほどに性質が違う。

刑事部が陽なら、公安部は陰……つまり、反りが合わないのだ。

「わかりました。どうも、お邪魔しました」

ボールペンをテーブルに置き、すんなりと諦《あきら》め席を立つ梓に、島内が拍子抜けの顔をした。

　梓は、早足で社長室をあとにした。

☆　☆

『いえ、おとなしく帰りましたけど、大丈夫ですかね？　「天昇会」との繋《つか》がりを掴まれたら、厄介ですよ。芋蔓《いもづる》式にクスリのことも出てくるでしょうし……ええ、はい、はい……まだなにも情報は入ってないと思います。ですが、連中は北朝鮮の犯罪組織がどうだこうだと言ってましたけど、「天昇会」となにか関係あるんですかね？』

「国際警備」の下のフロアのトイレの個室――便座に腰を下ろした梓は、煙草のパッケージよりひと回り小さな受信機を握り締めていた――イヤホンから流れてくる会話で勘に触れた部分を、携帯電話のメモ機能に打ち込んだ。

　警察庁のキャリア組の天下り先のトップである島内のガードが堅いだろうことは最初からわかっていた。

　島内から谷原についての情報を訊《き》き出せるなど、期待はしていなかった。

　梓の目的は、「国際警備」の社長室に入り盗聴器を仕掛けることと、島内にプレッシャーをかけることだった。

　あとは獲物がいるのかどうか――いたとして、トラップにかかるかどうか――それを待つだけだった。

『「天昇会」のほうは松谷《まつたに》さんにお任せします。私のほうも、なにかありましたらすぐに連絡を入れますから』

島内の声が急に聞こえなくなり、イヤホンからはノイズしか聞こえなくなった。

「天昇会」が絡んでいたとは……これで、谷原と「朝義侠」が繋がった。

数日前に、「天昇会」のチンピラが覚醒剤《かくせいざい》の取り引きで李とトラブルを引き起こし、警察に捕まった。

谷原が、「天昇会」とどういう関係なのかはわからないが、どうやら覚醒剤絡みの事件の可能性が出てきた。

なんらかのトラブルに巻き込まれ、李に消されたのだ。

島内とすれば、是が非でも隠したい事実に違いない。

電話で報告していた相手……松谷は、「国際警備」に天下りした警察関係者なのだろう。

警察庁のキャリア組OBが眼を光らせている会社の社員がヤクザと通じており、覚醒剤の取り引きにかかわり北朝鮮マフィアに殺されたなど、マスコミやワイドショーの格好の餌だ。

同時に、梓に絶好のチャンスが訪れた。

谷原の「背景」をしっかり押さえれば、一気に李まで到達できる可能性が出てきた。

梓は、携帯電話のリダイヤルボタンを押した。

『どうだった？』

一回目のコール音の途中で、梓からの連絡を待っていただろう永谷の低く硬質な声が流れてきた。

「シマウマは、狼の群れと接触しており、水場でのトラブルでライオンの群れに殺されたようです。狐が虎に報告を入れていたので間違いはないと思われます」

シマウマが谷原、狼の群れが「天昇会」、ライオンの群れが「朝義侠」、狐が島内、虎が松谷……梓は、いつもの隠語を使って永谷に報告を入れた。

『なるほどな。狼の群れと虎は通じていたということだな？』

「恐らく。虎が狼の群れに口止めするか、狼の群れが虎を強請《ゆす》るか……どちらにしても、シマウマは大変な置き土産を残したということです」

『どこを突っつくつもりだ？』

「狐を、揺さぶってみようかと思います」

『妥当だな。慎重に行け。背後には虎がついている。狼の群れより我々の手の内を知っているだけ手強《てごわ》い相手だ』

「わかっています。狐が虎に報告できない状況にしますので」

『頼んだぞ』

永谷が電話を切ると、すぐに梓は番号ボタンを押した。

『「国際警備」社長室です』

女性秘書の気取り澄ました声が、受話口から流れてきた。

「先ほどお伺いした片桐と申します。島内社長をお願いします」

『……少々お待ちください』

女性秘書の困惑気味の声が、保留のメロディに変わった。

『お電話代わりました。提供できる情報はなにもないと……』

「谷原さんと『天昇会』が絡んでいたとは、驚きました。それ以上に、島内さんと松谷さんという方の会話の内容は衝撃的でした」

梓は、人を食ったような物言いをした。

『なっ……』

島内が絶句した。

「社長室の応接テーブルに、私のボールペンが置き忘れられていませんか？」

梓は、淡々とした口調で訊《たず》ねた。

梓が「国際警備」の社長室に仕掛けたボールペン型の盗聴器は、半径百メートルの範囲の囁《ささや》き声を感知する高性能なものだった。

『これは、盗聴器だったのか！　あんた、いくら公安だからと言って、そんなことをしていいと思ってるのか！』

島内の怒声が、携帯電話のボディを震わせた。

「ご安心を。私達に協力してくだされば、決して口外致しませんから」

梓は、島内の怒りをやり過ごして興味なさそうに言った。

ポーズではなく、梓の任務は「国際警備」のスキャンダルを暴くことではないのだ。

『こんな姑息《こそく》なまねをする奴の言うことなど信じられ……』

「取り引きをしませんか？」

島内の言葉に、梓は提案を被《かぶ》せた。

『取り引きだと⁉』

「ええ。私達の狙いは、『朝義侠』壊滅だけです。警察庁ＯＢの天下り先の警備会社のスキャンダルには、なんの興味もありません。『国際警備』と『天昇会』の関係を詳しく教えてくださいませんか？」

『なにを馬鹿なことを言ってる⁉　ウチは「天昇会」なんていうヤクザ……』

「『天昇会』との繋がりを摑まれたら、厄介ですよ。芋蔓式にクスリのことも出てくるでしょうし……」

梓は、つい数分前に盗聴、録音した松谷なる相手と話す島内の声を再生したマイクロレコーダーを携帯電話の送話口に近付けた。

『これは……』

ふたたび、島内が絶句した。

「協力してくだされば、このデータは破棄します。イエスかノーか、お聞かせください」

抑揚のない声で二者択一を迫る梓には、島内の選択結果は既にみえていた。

4

佐久間は、覆面パトカーの後部座席で横になり、競馬新聞を開いていた。

運転席では、新米刑事の森野《もりの》がフロントウインドウに穴が開くのではないかと思うほど、正面を見据えていた。

森野の視線は、団地に隣接する小さな公園のベンチに座る女性に向けられていた。

「彼女は、どんな感じだ?」

佐久間は、赤ペンで馬柱表に印をつけながら森野に訊ねた。

「はいっ。落ち着きなさそうにあたりを見回していて、それらしい雰囲気が出ています!」

森野が、上官に敵情視察の報告をする下官のような物言いで答えた。

「そんなに力んでばかりいるとよ、痔《じ》になるぞ。もっと力抜けや」

「はいっ。力を抜きます!」

佐久間は苦笑いを浮かべ、対抗馬の予想に入った。

何日待っても、「待ち人」が現れないことが佐久間にはわかっていた。

一瞬たりとも取引現場から視線を外さない森野や見事な熱演で覚醒剤中毒者を装う女性囮《おとり》捜査官が滑稽《こっけい》でならなかった。

森野は三年間の派出所勤務を経て組織犯罪対策課に異動してきた体育会系馬鹿を絵に描いたような男だ。

どちらかと言えば頭脳が求められる捜査一課とは違い、組織犯罪対策課に必要なのは体力と押し出しの強さ……つまり、ヤクザに負けない風貌《ふうぼう》も大事な要素だ。

その点、百九十センチ、百二十キロで角刈りの森野は、そこらのヤクザよりもよほど「本職」にみえる。

だが、押し出しの強さだけで当たってゆけるほどヤクザは甘くはない。

面子《メンツ》がすべての彼らは、決して退《ひ》くことをしない。

こちらが一の力で押せば三の力で、十の力で押せば三十の力で押し返してくる。

いわゆる、三倍返しというやつだ。

やられっ放しでは、「パワーバランス」の世界で生きているヤクザは飯の食いあげになる。

あいつに手を出したら大変なことになる。

相手にそう思わせるためなら、ヤクザは人も殺す。

それが、堅気の世界の住人との決定的な違いだ。

ならば、どうすればいいのか？

ヤクザをコントロールする有効な方法は、拳《こぶし》の振り下ろし場所を作ってあげるということだ。

ヤクザが面子を大事にするのは、組の「看板」に泥を塗らないようにするためだ。

このままいけば、組に迷惑がかかる。

自分の出かたひとつで「親」の身が危うくなる。

つまり、ヤクザに退くことの理由を与えるのだ。

そうすることによって、ヤクザには「これは組のため」という言い訳ができる。

ここで肝心なのは、「蜜《みつ》」も与えるということ——利用価値をアピールするということ。

こいつと手を組めば、「利益」が出る。

そう思わせることができるかどうかがポイントだ。

佐久間が「天昇会」の須崎に公安の動きを教えたのも、従順な犬にするためだった。

ヤクザにとって大事な「利益」は金と捜査情報だ。

この男と繋《つな》がっていれば組に迫る危機を回避できるとわからせれば、ヤクザは優秀な忠犬と早変わりする。

かといって、彼らが誰でも信用するというわけではない。

ヤクザは刑事と同様に、まずは人を疑ってかかる生き物だ。

それは、野生動物が弱肉強食の世界で生き延びてゆくための本能と似ている。

通りすがりの人間が野生動物に餌を差し出しても、そう簡単に近寄ってきてはくれない。

二度、三度と足を運び、この人間は危害を加えない、とわからせることから始める。

信頼関係ができあがれば、足音が聞こえただけで野生動物のほうから近寄ってくるようになるものだ。

佐久間は、須崎を「飼い馴《な》らす」までに膨大な量の捜査情報を与えてきた。

いまもそうだ。


——明日、お前んとこの売人に新規の女性客が接してくる。その女性客は刑事だ。

佐久間は、須崎に「天昇会」の覚醒剤《かくせいざい》の取引現場に囮捜査官が客を装って接触してくることを教えた。

つまり、ここで何日張り込んでいても、女性刑事がどれだけの熱演をしても、売人が現れることはない。

馬柱表が、ぼやけてきた——抗《あらが》いきれない睡魔に佐久間は襲われた。

今回の「情報料」の使い途《みち》をあれやこれやと考えながら、佐久間はまどろみの世界へと足を踏み入れた。

☆　☆

「急いでくれ」

佐久間は、物凄《ものすご》いスピードで後方に流されてゆく車窓の街並みから移した視線を腕時計に落としつつ、いらついた声で運転手を急《せ》かした。

午後八時二十分。

約束の時間は午後八時。

「無意味な張り込み」の切り上げどころのタイミングがなかなかうまく行かずに、すっかり遅くなってしまった。

組織犯罪対策課の仕掛けたトラップに、「天昇会」の売人がかかることはもちろんなかった。

だが、あまりに早く切り上げたなら森野や上層部に疑われてしまうので、現れないとわかっている売人を根気よく待つふりをするしかなかったのだ。

――追っ払ってほしい雌犬が一匹いてな。

張り込みの最中、佐久間のもとに一本の電話が入った。

電話の主は、元警視正の松谷だった。

松谷は、警察庁を退官後、「国際警備」という警備会社に相談役として天下りしていた。

佐久間が須崎に流している捜査情報の大半は、松谷からのものだった。


——どこの雌犬ですか？

——公安だ。

——「朝義俠」絡みですね？

——勘が鋭いな。ウチの馬鹿がひとり、覚醒剤絡みでトラブルを起こして殺された。最初はどこかの組のチンピラにでもやられたかと思ったが、島内のところに公安の雌犬が現れてな。北の奴らがどうなろうと知ったことじゃないが、「天昇会」が嗅《か》ぎ回られるのは困る。


電話の向こう側で苦虫を嚙《か》み潰《つぶ》したような松谷の顔が浮かんだ。

松谷は、佐久間に捜査情報を売る対価として、須崎から入るブラックマネーの一部を懐に入れていた。

公安の本命は「朝義俠」であっても、捜査の過程で「天昇会」が洗われる可能性は十分にある。

そうなれば、松谷の名が捜査線上に浮かび上がるのは時間の問題だ。

当然、松谷以上に「天昇会」と深くかかわっている佐久間も無傷ではいられない。

――私でお役に立つことがあれば、なんなりとおっしゃってください。

――絶対に、雌犬を排除してくれ。とりあえずは、島内に会って話を聞いてくれ。


「ここでいい」

島内との待ち合わせ場所であるバー「シェルター」が入る六本木交差点近くのビルの前で、佐久間は運転手に告げた。

料金を支払いタクシーを降りた佐久間は、周囲の眼を警戒しつつビルに入った。

「お待ちしておりました。お連れ様は、おみえになっております」

地下一階の薄暗い店内に足を踏み入れると、待ち構えていた顔馴染《なじ》みの店長が恭しく頭を下げた。

「シェルター」は須崎に教えてもらって以来、週に一回ペースで利用していた。

立地条件が便利な上に、目立たないビルの地下にひっそりと店舗を構えているので密談場所として好都合だった。

店長に先導され、佐久間は洞窟《どうくつ》タイプの半個室が点在する複雑に入り組んだ迷路のような店内を歩いた。

佐久間がいつも利用しているのは、完全個室だ。

「お連れのお客様がおみえになりました」

店長が声をかけつつ、ドアを開けた。

「お忙しいところ、すみません」

島内が弾《はじ》かれたように席を立ち、大きな身体を小さく丸めて頭を下げた。

「ロマネ・コンティをボトルで持ってきてくれ」

佐久間は島内に眼もくれず、店で一番高い酒を注文した。

軽く七、八十万する超高級酒の名を聞いた島内の顔が瞬間引きつったのを佐久間は見逃さなかった。

自腹で呑《の》むときは芋焼酎《いもじょうちゅう》だが、今夜の支払いは「国際警備」の経費なので、財布の中身を気にする必要がなかった。

「公安の女が嗅ぎつけてきたそうだな？」

ソファに腰を下ろすなり、佐久間は本題を切り出した。

「ええ……片桐梓という捜査官で、谷原を殺害したのは北朝鮮の犯罪シンジケートではないかと疑っていまして」

「北のことなんかどうだっていい。その女は、いつから『天昇会』の存在を摑《つか》んでいたんだ？」

佐久間は、煙草をくわえ穂先を島内に向けて突き出した。

「今日です……」

島内が、ライターの火を差し出しながら言った。

「今日!?　どういう意味だ？」

「お恥ずかしい話、帰り際に盗聴器を仕掛けられていたことに気づかずに、松谷さんとの電話の会話を聞かれまして……」

島内が、消え入りそうな声で言うとうなだれた。

「盗聴だと!?　まぬけな男だ」

佐久間は、呆《あき》れたように吐き捨てた。

「本当に、お恥ずかしい……」

「で、公安女の要求は？」

詫《わ》びる島内の声をバッサリと断ち切った。

「北朝鮮のシンジケートの壊滅に協力をしてほしいと……拒否するならば、『天昇会』と『国際警備』の関係を暴露すると……」

いまにも泣き出しそうな島内からは、国士舘の柔道部でならした兵《つわもの》の面影は微塵《みじん》も感じられなかった。

最悪の展開だった。

公安の捜査力は半端ではない。

咬《か》みついたら死ぬまで離さない蛇のように、一度眼をつけられたら生涯に亘《わた》ってマークされ続ける。

日本で最強のストーカーと言っても過言ではない。

梓という女をなんとかしなければ、自分の警察生命は終わる。

それだけではない。

刑事でなくなったなら、これまで傍若無人に振る舞ってきた自分にたいして、「天昇会」が黙ってはいないだろう。

須崎と同じ刑務所に入りでもしたなら……考えただけで、身の毛がよだった。

「わかった。俺がなんとかする。とりあえず、明日、捜査に協力するからと言ってその公安女を呼び出せ」

佐久間は命じると、島内を体温を感じさせないねっとりとした眼で見据えた。

執念深さでは、自分も負けてはいない。

「みてろよ、小娘が……」

佐久間の瞳《ひとみ》には、島内ではなく会ったこともない梓という女の姿が映っていた。

5

昨日訪れたばかりの西新宿の高層ビルのエレベータが音もなく上昇する。

――俺でよかったら、なんでも協力する。だから、ウチを突っつくのはやめてくれ。

深夜にかかってきた島内からの電話は、「国際警備」が「天昇会」と繋《つな》がっていることを決定づけた。

――私達の狙いは、「朝義侠」壊滅だけです。警察庁ＯＢの天下り先の警備会社のスキャンダルには、なんの興味もありません。「国際警備」と「天昇会」の関係を詳しく教えてくださいませんか？

島内に言ったことは、嘘ではなかった。

梓の目的は、「天昇会」から「朝義侠」に辿《たど》り着くことだった。

三十二階で、エレベータの扉が開いた。

「お待ちしていました。片桐梓さんですよね？」

目の前に、いきなり現れた中年男性に梓は身構えた。

「失礼ですが、あなたは？」

梓は頷《うなず》き、警戒心満点の声音で訊《たず》ねた。

光沢を放つグレイの高級そうなスーツに紫ベースのネクタイ、オールバックに撫《な》でつけた髪……男は、堅気にはみえなかった。

ヤクザではない。かといって、「国際警備」の人間でもない。

公安捜査官として鍛えた嗅覚《きゅうかく》が、瞬時に判断した。

ならば男は……。

「張り込みですか？　刑事さん」

梓は、エレベータから降りながら言った。

「ほう、これは驚きですな。どうして、私が刑事だということがわかったんですか？」

警察手帳を開き梓の顔前に翳《かざ》す刑事は、言葉とは裏腹に少しも驚いたふうではなかった。

組織犯罪対策課　佐久間雄介《ゆうすけ》
「『天昇会』との繋がりを探られることを嫌う島内社長が、ヤクザに泣きつくはずがありません。抑えてほしい相手が公安捜査官ということを考えると、政治家か警察しかありません。残念ながら、あなたは政治家にはみえない。この説明で、納得頂けましたか？」

梓は、電話番号案内のオペレータのような抑揚のない声音で言った。

「さすがは、日本のＣＩＡですな。見事な説明です。公安捜査官を辞めたら、私立探偵でも食っていけますよ」

佐久間が、下卑た笑いを浮かべた。

その笑みに、梓は生理的に受けつけない嫌悪感を覚えた。

「では、私は島内社長に用事があるので失礼します」

足を踏み出した梓の行く手を遮るように佐久間が立ちはだかった。

「なんのつもりです？」

「あんたこそ、なんのつもりだ？　この事件は、ウチのヤマだ。余計なまねはしないでほしいな」

佐久間は、それまでと一転した剣呑《けんのん》な口調で言った。

「谷原さんの殺害事件は、ウチのヤマでもあります。『国際警備』と『天昇会』の先に、ウチが追っている北のシンジケートの影がちらついていますからね」

「だったら、その北のシンジケートとやらに張りついていればいいだろう？　よその管轄に、首を突っ込むのはやめろ」

恫喝《どうかつ》──佐久間が、本性を現してきた。

「なにか、ウチに嗅《か》ぎ回られるとお困りになることがあるんですか?」

梓は、佐久間の黄色く濁った眼を見据えた。

「小娘が、調子に乗ってんじゃねえぞ」

佐久間の血相が変わった。

佐久間と「国際警備」、「天昇会」の間にはなにかある——確信した。

「とにかく、そこをどいてください。私は、あなたに会いにきたんではなく、島内社長に会いにきたんですから。彼も、私に捜査協力しなければ、どうなるかはわかっているはずです」

梓は、近くで身を潜めて梓と佐久間のやり取りを聞いているだろう島内の耳を意識して大声で言った。

「俺は、仕事柄、ヤクザと接することが多い。公安部のおかしな女が、北朝鮮の犯罪組織を嗅ぎ回っているから協力してやってくれと、そこら中のヤクザに言っておいてやろうか? なんつったっけ? たしか、『朝義俠』とかいう組織だったよな?」

荒っぽい言葉遣い——これが、佐久間の本性なのか?

「身内で、足の引っ張り合いをする気ですか?」

梓は、物静かな口調で言うと佐久間を見据えた。

「身内? 刑事部と公安部が? 本気で言ってるのか!? お笑い草だ」

佐久間が、アメリカの二流ドラマのように両手を上げるオーバーアクションで言いながら高笑いした。

「公安部も刑事部も、警視庁管轄の組織です。それを身内でないというんですか？」

「捜査情報はおろか、個人情報も教えない秘密主義のお前らを身内だなんて思えるわけないだろう？　それに、捜査の足を引っ張っているのはそっちじゃないのか？　今回の『国際警備』の警備員殺害事件は『天昇会』が絡んでいる。つまり、暴力団絡みの事件だ。これは、組織犯罪対策課のヤマだろうが」

低く押し殺した声で言うと、佐久間が梓を睨《ね》めつけた。

梓も、本気で刑事部が身内などとは思っているわけではなかった。

百歩譲って身内だとしても、それは修復不可能なほどに崩壊した家族のようなものだ。

しかも、佐久間という刑事は「寄生虫」だ。

ヤクザという獣に寄生し、栄養分を吸い取る最低の刑事だ。

それは、佐久間の眼をみてわかった。

佐久間の眼は、溝《どぶ》の中で汚水を啜《すす》ってきた者特有の澱《よど》みかたをしていた。

似合いもしないイタリアスーツや趣味の悪いネクタイも、ヤクザから吸い取った金で買ったものだろう。

本来なら口も利きたくない相手だが、「朝義侠」に辿り着くには「天昇会」に食い込むのが一番の早道だ。

間違いなく佐久間は、「天昇会」と通じている。

泳がせていれば、いつの日か役に立つときがくるかもしれない。

そう、公安捜査官にとっては、警察官であっても情報屋としての対象となる。

「だから、私達の狙いは『天昇会』ではなく『朝義侠』で……」

「狙いじゃなくても、お前らが接触したら警戒して尻尾《しっぽ》を出さなくなるだろうが！」

梓を、佐久間が怒声で遮った。

「わかりました。今日のところは、おとなしく引き下がります」

これ以上、佐久間を怒らせるのは賢明ではない。

「永遠にだ。もし、次に嗅ぎ回ってるのをみたら、逆に俺が『朝義侠』に乗り込んで引っ掻《か》き回してやるからなっ」

吐き捨てるように言い残すと、踵《きびす》を返し社長室へと向かった。

梓は小さく息を吐き、エレベータに戻り一階ボタンを押した。

☆　　☆

「国際警備」の入るビルの地下駐車場。

梓は、重戦車のようなごつく黒光りするハマーに寄りかかり、エレベータにじっと視線を注いでいた。

このハマーが島内の自慢の愛車だということは、昨日のうちに調べていた。

佐久間にたいしていったん諦《あきら》めたとみせた梓は、その後、すぐに地下駐車場に直行した。

——もし、次に嗅ぎ回ってるのをみたら、逆に俺が『朝義侠』に乗り込んで引っ掻き回してやるからなっ。

佐久間の恫喝は、もちろん、しっかり鼓膜に刻まれた。

だが、その程度で引き下がるほど公安捜査官はヤワではなかった。

マル暴の刑事が「朝義侠」に乗り込んでなにを騒いだところで、状況はなにも変わらない。

むしろ、日本の警察など少しも脅威に感じていない彼らの逆襲にあい、命を落とす危険すらある。

梓は、携帯電話のディスプレイのデジタル時計に眼をやった。

午後六時十分……張り込んでから、もう五時間が過ぎている。

待つことには、慣れていた。

任務によっては、二日間飲まず食わずで車の中で過ごしたこともあった。

オレンジ色に染まったエレベータの階数表示のランプが下降を始めた。

扉が開き、己の愛車に背を預けている梓を認めた島内の顔に驚きが広がった。

昼間、「ボディガード」に追い払われ、二度と顔を合わせることはないと思っていた相手が目の前にいるのだからそれも無理はない。

「あんた、こんなところでなにをしてるんだ!?」

「もちろん、島内社長を待っていたんですよ」

「なんだと!? こんなことをして、いいと思ってるのか! いますぐ帰らないと、佐久間刑事に電話をするぞ!?」

島内が、血相を変えて吠《ほ》え立てた。

「どうぞ、ご自由に。その代わり、徹底的に『国際警備』と『天昇会』の関係を追及させてもらうことになりますけど、いいんですか？」

梓は、淡々とした口調で訊《たず》ねた。

「あんた、佐久間刑事に警告を受けなかったのか？ 彼は泣く子も黙るマル暴だ。怒らせるのは得策じゃないと思うがな」

「そうですか。ですが、どんなに佐久間さんが怒っても私のやることは『国際警備』と『天昇会』の関係を追及することだけです」

まったく表情を変えずに、梓は言った。

「あんたって人は……」

島内の喉仏《のどぼとけ》が上下に動き、黒目が泳いだ。

「乗せてもらえますか？」

梓は、ハマーに視線を投げた。

島内が、力ない足取りでハマーに向かった。

☆　　☆

「まず最初にお訊ねしたいのは、『国際警備』と『天昇会』の関係です。昨日も言いましたが、私達の狙いは『朝義侠』です。御社には、絶対にご迷惑をおかけしませんから」

ハマーの助手席に座った梓は、島内に言った。

「本当に、信じていいんだろうね？」

おずおずと念を押してくる島内に、梓は頷《うなず》いた。

「『天昇会』の波野会長は、ウチの相談役の松谷さんの大学の後輩だ。松谷さんは元警察庁の警視正にまでなった人で、波野会長とは大学時代同様に深いつき合いをしてきた。ふたりは柔道部の先輩後輩で、波野会長は一家の柱となってからも松谷さんには絶対服従。警察官の給料では行けないような高級クラブで接待したり、外車をプレゼントしたり、かなりの金を使った。松谷さんもその見返りに、捜査情報を流したり……持ちつ持たれつの蜜月《みつげつ》関係を築いていた。『天昇会』は覚醒剤《かくせいざい》の密売で急速に大きくなった組織で、当然、松谷さんもそのことは知っていたが、みてみぬふりをしていた。殺された谷原は松谷さんのボディガード兼運転手をやっていた男で、行動をともにしているうちに『天昇会』の構成員とも親しくなり覚醒剤に手を出すようになった。松谷さんは、ある時期から谷原の代わりに別の人間に運転を任せるようになった。多分、谷原が『天昇会』と覚醒剤の取り引きをしていたのを知っていたんだと思う」

「波野会長は、松谷さんに絶対服従の関係だったんですよね？　だったら、自分の運転手をやっていた人間が覚醒剤に手を出すのをみてみぬふりをするんではなく、やめさせることもできたわけですよね？」

梓は、島内から聞いた話の矛盾点を口にした。

「現役時代なら、そうしていたと思う。ふたりの力関係は、松谷さんが警察を辞めてから崩れ始めた。松谷さんは、ウチの相談役になったあたりから『天昇会』が経営する裏カジノに出入りするようになり、波野会長にかなりの借金を作ってしまった。まあ、昔からの先輩後輩の関係があったので波野会長が松谷さんから借金を取り立てるようなことはなかったが、その代わり、立場も弱くなっていったってわけだ」

結局、松谷もあの佐久間という「寄生虫」と同じ人種に過ぎなかったということだ。

「『天昇会』と『朝義俠』の関係について、なにか知っていることがあれば教えてください」

谷原が「天昇会」の構成員から覚醒剤を購入していたことはわかった。

数日前に「天昇会」のチンピラが捕まったことで、「朝義俠」との間で覚醒剤の取り引きがあったこともわかった。

だが、これだけの情報では「朝義俠」を叩《たた》くことはできない。

もっと決定的ななにか……司法の場に引き摺《ず》り出すことのできる証拠がほしかった。

「さあ、俺はそこまでは知らないな。『朝義俠』なんて名前も、昨日、あんたの口から聞いて初めて知ったんだからな」

「わかってます。ご協力、ありがとうございました」

「もう、いいのか？」

あっさりと言い車を降りる梓に、島内が拍子抜けした顔で訊ねた。

島内の役目は終わった。

これで、松谷は自分と向き合わなければならない状況に置かれた。

「あとの詳しいことは、松谷さんに訊《き》きますから」

「な……なんだって⁉　そんなことしたら、俺の立場が……」

追い縋《すが》る島内の声を遮るように、梓はドアを閉めた。

6

水を吸い込んだ砂のような重々しい空気が、座敷内に広がった。

苦虫を嚙《か》み潰《つぶ》したような顔で冷酒用の小ぶりなグラスを口に運ぶ松谷の前で佐久間は、無言で正座していた。

神保町《じんぼうちょう》の割烹《かっぽう》料理店の座敷に通されてまもなく十五分が過ぎようとしているが、松谷はひと言も口を利かなかった。

佐久間の前に並べられている料理に箸《はし》はつけられていなかった……また、そんな気分にはなれなかった。

「私は、絶対に、と言ったはずだ」

不意に、松谷が怒りを押し殺した声で言った。

「申し訳ありません」

佐久間は、うなだれ力なく詫《わ》びた。

「そのブランド物で固めたチャラチャラした格好も、女をはべらせる派手な遊びも、誰のおかげでできていると思っているんだ？」

「松谷さんのおかげ……」

「だったら、なぜ雌犬は島内の前に現れた⁉　私は、あの公安女を絶対に排除しろと言ったはずだ！」

佐久間の掠《かす》れた声が、松谷の怒声に掻《か》き消された。

「申し訳……ありません」

佐久間には、詫びの言葉を繰り返すことしかできなかった。

――谷原さんの殺害事件は、ウチのヤマでもあります。「国際警備」と「天昇会」の先に、ウチが追っている北のシンジケートの影がちらついていますからね。

ヤクザに一目置かれる自分を前にしても、臆《おく》するどころか挑戦的な態度に終始していた梓の姿が脳裏に蘇《よみがえ》った。

――もし、次に嗅《か》ぎ回ってるのをみたら、逆に俺が「朝義俠」に乗り込んで引っ掻き回してやるからなっ。

佐久間の恫喝《どうかつ》に、梓は退《ひ》いた……はずだった。

違った。

警告を受けたその日の夜に、駐車場で島内を待ち伏せた梓は「国際警備」と「天昇会」の関係について根掘り葉掘り質問したのだった。

それを知ったのは、昼間にかかってきた松谷からの電話でだった。

――つい五分前まで、片桐梓という公安女がここにいたっ。佐久間、いったい、どうなってるんだ！

通話ボタンを押すなり、松谷の怒鳴り声に携帯電話が震えた。

松谷の話では、信濃町《しなのまち》にある松谷のコンサルティング会社に梓が現れ「天昇会」との繋《つな》がりを矢継ぎ早に訊かれたという。

おとなしく退き下がるタイプとは思っていなかったが、まさか、ここまでとは……。

佐久間は唇を嚙み締め、膝上《ひざうえ》に置いた両の握り拳《こぶし》に力を入れた。

国家の治安維持を図るという重要な職務を任せられている公安部の捜査員は、その性質上、エリート中のエリートが選《よ》りすぐられている。

彼らが、優秀なのはわかっていた。

だが、二十代の小娘にいいようにしてやられて黙っているわけにはいかない。

「言い訳は致しません。もう一度だけ、チャンスをください。きっちりと、カタをつけますので」

顔を上げ、佐久間は復讐《ふくしゅう》の色を宿した瞳《ひとみ》で松谷をみつめた。

「どうやって、あの忌々しい雌犬の動きを止めるつもりだ⁉　このままだと、『天昇会』の事務所に行くのは時間の問題だっ。公安に突っつかれたとなれば、波野も組を守るために私との関係を洗いざらい喋《しゃべ》るに違いない。そうなったら、もちろん、現職の警官であるお前もただでは済まされないんだぞっ」

松谷の拳がテーブルに叩きつけられ、冷酒がグラスから溢《あふ》れ出した。

「わかっています。私に、いい考えがありますので、信じてください。必ず、公安女を潰しますから」

佐久間は、きっぱりと宣言し、松谷の眼を正視し続けた。

ハッタリではなく、秘策はあった。

たしかに、公安は手強《てごわ》い。海千山千の悪事に手を染めるアンダーグラウンドの住人にも恐れられている。

しかし、それはあくまでも日本の法律の影響力が及ぶ者にたいしてだ。

泣く子も黙る公安捜査員も、皮膚を刻めば赤い血が流れる人間だ。

「信じても、いいんだろうな？」

松谷が、窺《うかが》うように佐久間を見据えた。

佐久間は、力強く頷《うなず》いた。

一発殴られれば二発殴り返し、二発殴られれば三発殴り返し……幼い頃から、そうやって生きてきた。

ボロボロになろうとも、音を上げないかぎり負けはしない。

どんなに汚い手段を使っても、最後に立っている者が勝ちだ。

「わかった。信じようじゃないか」

言いながら目の前に差し出された松谷のグラスに冷酒を注いでから、佐久間は自分のビールのグラスをそっと触れ合わせた。

☆　　☆

百人町の卑しさと野心の生々しくギラついた夜気が、佐久間の全身に心地よく纏《まつ》わりついてきた。

この街に足を踏み入れるといつも、深い安堵《あんど》感《かん》に包まれる。

水が合っている。その表現しか思い浮かばなかった。

だが、今夜ばかりは違う。

肌を刺す緊張感に喉《のど》は渇き、心臓が不規則なリズムを取っていた。

——夜は、よく『チング』という韓国居酒屋で呑《の》んでいます。一般客は通さない二階の個室で酒盛りをしながら打ち合わせをしていることが多く、私も一度招かれたことがあります。職安通り沿いの古びた平屋の建物で、赤い看板に黄色の文字が目印です。

「天昇会」の若頭……須崎の言葉を思い返しながら、佐久間は「赤い看板に黄色の文字」を探した。

――でも、本気ですか？　奴らは、俺らのようなわけにはいきませんよ？　ヤクザも、できれば法は犯したくないと思っている。が、奴らは違う。日本の法律なんて、屁《へ》とも思っちゃいない。知ってるんですよ。日本の警察が、自分達に及び腰になっているってことをね。

――習慣や文化が違っても、利益を運んでくる相手を殺さないのは万国共通だ。

諭してくる須崎に、佐久間は余裕の表情で切り返した。

内心、不安が増殖していたが「天昇会」の次期会長の座は確実と言われる須崎を相手に弱みをみせたくはなかった。

今後、イニシアチブを握り続けるためには強気な姿勢を崩すわけにはいかない。

――利益って？　金を餌に近づく気ですか？

――金ばかりが利益じゃない。情報だよ、情報。公安が「朝義侠」に眼をつけているということを教えてやるのさ。

――そういうことですか。まあ、ミイラ取りがミイラにならないように気をつけてくださいよ。李は、悪魔みたいな男ですからね。

記憶の中の須崎の言葉に、掌《てのひら》が汗ばんだ。

およそ十メートル先、赤い看板に黄色い文字――「チング」。

心拍数がアップし、足取りが重くなった。

「チング」の店先に到着した頃には、唾液《だえき》が干上がり唇まで乾いていた。

「俺は、奴らにとって益虫だ」

佐久間は己を鼓舞するように呟《つぶや》くと、建てつけの悪そうな引き戸を引いた。

「いらしゃい」

妙なイントネーションが、鼓膜に飛び込んできた。

ダボダボの白のTシャツに赤いハーフパンツを穿《は》いた小太りの男が、不自然な笑顔を向けてきた。

店は十坪程度で、カウンターと二脚のテーブルがあるだけの質素な造りだった。

客は、誰もいなかった。

「李さんに会いたいんだが……」

佐久間が切り出すと、小太りの男の顔から笑顔が消えた。

「誰よ、あんた？」

「俺は、佐久間という刑事だ。李さんに、大事な話がある」

「李さん、いない。私、話聞く。伝えるよ」

小太りの男が、狼狽《ろうばい》してへたくそな日本語で言った。

「勘違いするな。俺は李さんの味方だ。彼に、いい情報を持ってきた」

「いない、言ってる！　信じないか!?　あんた、早く帰る！」

丸っこい顔を紅潮させて語気を荒らげる小太りの男は、李がいると言っているようなものだった。

「警察の動きを教えにきた俺を、追い払ってもいいのか？　まあ、それなら俺は構わないが、あとからあんたが大変なことになる」

束の間、思案げな表情をみせていた小太りの男が、携帯電話を取り出しどこかに電話をかけた。

すぐに相手に繋がったらしく、母国語でやり取りを始めた。

なにを言っているかわからないが、突然の来訪客である自分のことを説明しているようだった。

「李さん。会うよ」

電話を切った小太りの男が、一転してあっさりと言うと、佐久間を促しカウンターの中に入った。

暗幕のような黒いカーテンを潜《くぐ》ると、細長い急な階段が現れた。

小太りの男の背中に続き、佐久間は階段を上がった。

「李さん、この中にいる。あんた、入る」

小太りの男が、木製の古びたドアを指差し言った。

佐久間は、汗ばむ掌でドアノブを回した。

ドアが開くと、いきなり目の前に肩まで垂らした長髪を金に染めた二メートルはゆうに超えているだろう大男が立ちはだかった。

大男は、無言で佐久間の両腕を上げさせてボディチェックを始めた。

靴の中まで入念に調べ上げた大男が背後を振り返り頷くと道を空けた。

開けた佐久間の視界に、和室が飛び込んできた。

丸い卓袱台《ちゃぶだい》を、四人の男達が囲んでいた。

卓袱台は、肉料理やキムチの皿とマッコリで白く染まったグラスで溢れ返っていた。

浅黒い肌をした痩《や》せた男、体重が百数十キロはありそうな巨体の男、サングラスをかけた顔色の悪い男の三人の視線が一斉に佐久間に集まった。

もうひとりは、佐久間からみて背中を向ける格好で座っていた。

「刑事さん、私達と一緒に一杯やりませんか？　旨《うま》い肉料理もありますよ」

背中を向けている男が、流暢《りゅうちょう》な日本語で言った。

「いや、できれば酒のない席で話を……」

「まあ、いいじゃないですか。お近づきの印です」

振り返った男が手に持つ大皿を眼にした佐久間は、慌てて口を掌で塞《ふさ》いだ。

大皿には、チワワの首が載せられていた。

「これ、病みつきになりますよ」

酷薄な笑みを湛《たた》えながら男は、くり抜かれた頭部をスプーンで掬《すく》い、脳みそを口に運んだ。

痙攣《けいれん》する横隔膜——口を押さえる佐久間の十指の隙間から、吐瀉《としゃ》物が溢《あふ》れ出した。

7

「お客さん、テレビ関係のお仕事かなにかやってらっしゃいますか？」

白髪交じりの髪を短く刈り込んだ運転手が、唐突に訊《たず》ねてきた。

「国際警備」を出た足で拾ったタクシーを尾行を警戒し乗り換え、三台目だった。

二台のタクシーの運転手はともに無愛想で会話がなく、梓にはそれが逆に助かった。

仕事柄外では気を張り詰めていることが多いので、移動の車内ではできるだけ気を休めたかった。

「いいえ」

梓は素っ気なく言い放ち、シートに背を預け眼を閉じた。

「いやぁ〜、あんまりきれいな方だから、女優さんかと思いましたよ」

梓の寝たふりにも構わず、運転手は話しかけ続けてきた。

梓は答える代わりに、寝息を立て始めた。

さすがに、運転手ももう話しかけてくることはなかった。


——パパは悪いことしたの？　だから、死んじゃったの？


ひんやりとした暗鬱《あんうつ》な空気に響き渡る六歳の梓の声が、不意に、鼓膜に蘇《よみがえ》った。

霊安室に横たわる体温を失った亡骸《なきがら》……警察官だった父の変わり果てた姿を眼にしたときに、梓は幼心に同じ道を歩むことを誓った。

正義を貫いてしまったが故に、自ら命を絶つことを強いられてしまった父。

世の中の理不尽と警察組織の矛盾が、僅《わず》か六歳の少女の将来を決めた。


——警察官になるなんて、絶対にだめよ！

高校を卒業し、警察大学に行きたいと告げた娘を、母は猛烈に反対した。

――どうして⁉　お父さんだって、警察官だったじゃない！

――だから、だめなのよ！　あなただって、父さんがなぜ死ぬことになったか知ってるでしょう⁉


警察官でなかったら、父が自殺することはなかった。

母の気持ちは、痛いほどわかった。

だが、幼き日に誓った「決意」を、梓も譲る気はなかった。


――私は、お父さんの仇《あだ》を討ちたいの。

――仇って⁉　いったい、誰に？　あなたの考えていることが、母さんにはわからないわっ。

――お父さんが貫こうとして叶《かな》わなかった正義を、私が必ず貫いてみせるわ。

――そんなの、雀が鷲《わし》に挑むようなものよ！　ひとり娘を、危険だとわかっている世界に飛び込ませるわけにはいかないわ！

――私は決めたの。お母さんがどんなに止めても、無駄よ。

――あなたが、どうしても警察官になるっていうのなら、もうウチの子供じゃないわ。母さんと、絶縁してもいいのなら、警察官になりなさい。

悩んだ末に、梓は家を出て、高校に通う傍らにバイトで貯めた貯金で警察大学校に入った。

家を飛び出して九年……いまでも、梓は母とは絶縁状態だった。

父のために下した決断が、皮肉にも母を哀しませる結果となってしまったが、梓に後悔はなかった。

これで、よかった。

公安捜査官は、一切の任務を明かせない。

家族であっても、それは例外ではない。

いまから会う省吾にたいしても、愛している、ということ以外、すべて嘘で塗り固めていた。

省吾に会えるのは嬉《うれ》しい……しかし、苦痛でもあった。

大事な人間を欺くたびに、心に爪を立てられたような気分になった。

寝ているふりをしているうちに、睡魔に襲われた。

梓は、まどろみに抗《あらが》うことなく身を委《ゆだ》ねた。

8

「どうしたんです？　はやく席に着きませんか？」

まるで、コーンポタージュかミネストローネでもそうしているように、李は旨そうにチワワの脳みそを啜《すす》りながら言った。

「外で、話さない……」

佐久間の言葉を遮るように、李が厳しい朝鮮語で目の前に座る浅黒い肌の男になにかを命じた。

すっくと立ち上がった浅黒い肌の男が、躊躇《ちゅうちょ》する佐久間の手を摑《つか》み、自分の席に座らせた。

拒否すればなにをされるかわからない剣呑《けんのん》な雰囲気が、佐久間を従順にさせた。

「どうぞ。精がつきますよ」

李は、スプーンで抉《えぐ》り取ったチワワの目玉を佐久間に差し出した。

「え、遠慮しとくよ……」

ハンカチで口を押さえ、佐久間は顔を逸《そ》らした。

「日本人は鴨の肝臓をわざわざ肥《ふと》らせたものを食べるために高級レストランに行くのに、犬の目玉はなぜ食べない？」

「フォアグラとチワワの眼は違う……」

気を抜けば、ふたたび嘔吐《おうと》してしまいそうだった。

「あなた達は、いつもそうです。西洋の文化には尻尾《しっぽ》を振って恥もなくまねをするくせに、東洋のほかの国の文化……とくに、我々北朝鮮の文化を受け入れようとしません。鴨の肝臓を食らうフランス人がお上品で、犬を食らう朝鮮人は野蛮ですか？　あなた達は、民族で決めている。アメリカ人やフランス人がドレスアップして犬の目玉を食べていれば、喜んでまねするはずです」

抑揚のない口調で言うと、李はチワワの目玉が載ったスプーンを口に運び咀嚼《そしゃく》した。

大男はジョッキに入れたマッコリをガブ呑《の》みし、サングラス男はチワワの耳をアーミーナイフで削ぎ落としスルメのようにしゃぶっていた。

佐久間を出迎えた大男は出入り口のドアを背にして佐久間を睨《にら》みつけ、浅黒い肌の男は窓の桟に腰かけ、トカレフの手入れをしていた。

この六畳そこそこの和室は、日本であって日本ではない――まさに、治外法権以外のなにものでもなかった。

アマゾンの奥地に丸腰で放り出されたような無力感が、佐久間の恐怖心を煽《あお》り立てた。

――でも、本気ですか？　奴らは、俺らのようなわけにはいきませんよ？　ヤクザも、できれば法は犯したくないと思っている。が、奴らは違う。日本の法律なんて、屁《へ》とも思っちゃいない。知ってるんですよ。日本の警察が、自分達に及び腰になっているってことをね。

須崎の言う通りだった。

五人とも、刑事が突然アジトに現れたというのに、まったく動じているふうはなかった。

動じるどころか、みな、完全に佐久間を舐《な》めてかかっている。

「俺達日本人が、あんたらを差別しているってのか？」

佐久間は額に浮かんだ汗の玉を手の甲で拭《ぬぐ》い、深呼吸をした。

動揺を、見透かされてはならない。

「差別じゃない。軽蔑《けいべつ》です。あなた達は、私らを軽蔑している。そして、優越感に浸っています」

李が、もう片方の眼球をスプーンでほじくり返しつつ無表情に言った。

「そ、そんなことはない。あんたらを軽蔑しているなんて、それは誤解だ」

佐久間は、慌てて否定した。

須崎を相手にしているときのような駆け引きをする余裕が、佐久間にはなかった。

「天昇会」の連中とはまだ、「会話」ができる。

予定調和の部分があり、掛け合いに段取りが組める。

互いの根底に最低限の信頼関係があり、互いがおいしい蜜《みつ》にありつこうという黒い紳士協定がある。

だが、彼らには会話する気もなければ、予定調和もない。

おいしい蜜を分け合おうという気などさらさらなく、自分達の欲望が満たされればいきなり相手を撃ち殺すことも平気でやるだろう。

彼らは、根本的な考えが違うのだ。

同じ凶暴でも、犬科にたとえるなら須崎は土佐《とさ》犬で李は狼だ。

土佐犬は凶暴かつ戦闘的であるが、人間が飼い馴《な》らすことができる。

狼も飼い馴らすことが不可能ではないが、いつ、野性の血が蘇《よみがえ》り飼い主の喉《のど》を咬《か》み切るかわからない——内臓を食い千切られるかわからないのだ。

「まあ、そういうことにしておきましょう。ところで佐久間さん、用件はなんですか？」

李はぞっとするような冷たい眼で見据えながら、佐久間に差し出したグラスにマッコリを注いだ。

「あんたの耳に入れておきたいことが……ちょっと……」

グラスから溢《あふ》れるマッコリ——佐久間は、慌ててグラスを引いた。

李は、なおもマッコリのボトルを傾け続けていた。

白濁した液体が滴り落ち、チワワのくり抜かれた頭蓋骨《ずがいこつ》の中に溜《た》まった。

「こういうとき、人間は三タイプに分かれます。酒が溢れないようにグラスに口をつけて啜るタイプ、ただ、グラスを持ったまま酒が溢れるのをみているタイプ、そして、あなたみたいに慌ててグラスを引くタイプ。私は、これをパートナーの性質を見抜く材料にしています。最初のタイプはアクシデントが起きたときに逃げずに対処する者、次のタイプはアクシデントが起きたときに呆然《ぼうぜん》として立ち尽くす者、最後のタイプはアクシデントが起きたときに真っ先に逃げ出す者。私が一番信用できないのは、あなたみたいにグラスを引くタイプです」

李が、剝製《はくせい》のような無機質な瞳《ひとみ》で佐久間を見据えた。

「俺は、そんな男じゃない。今日だって、あんたのために情報を持ってきたんだ。俺が逃げるタイプなら、ひとりでこんなところにくることはできないだろう？」

佐久間は、力強い口調で否定した。

わざと酒を溢れさせ、そのリアクションで性格を判断しようとするなど、なんと疑《うたぐ》り深い男だ。

「まあ、いいでしょう。まずは、その情報というのを、教えてもらえますか？　信用できるかどうかは、それから判断します」

完全に、李にイニシアチブを取られている。

須崎が相手なら、間違いなく突っ撥《ぱ》ね自分が主導権を握る展開にした。

だが、警察の威光が通用しない李に、そんな強気な態度に出ることはできなかった。

「日本の警察で、公安って組織を知ってるか？」

「ＣＩＡみたいなものでしょう？」

李が、チワワの頭部を掴み上げ、くり抜かれた頭蓋に溜まったマッコリを丼《どんぶり》酒のように呑み干した。

「ああ、そんなもんだ。その日本のＣＩＡが、あんたらをマークしている」

「公安が私達を？」

「公安の狙いは、『朝義俠』……あんたらの組織の壊滅だ」

佐久間が言うと、李の剝製の瞳が鈍く光った。

李だけではない。

大男とサングラス男が、威嚇するように身を乗り出した。

「刑事さん、どうして私達にそんな情報をくれるんです？　公安は仲間でしょう？」

李が、訝《いぶか》しげな表情で訊《たず》ねつつ煙草を差し出した。

「いや、いい」

本当は吸いたかったが、手の震えを悟られるのが怖かった。

緊迫した空気に、佐久間の掌《てのひら》は汗でぬるついていた。

佐久間に勧めた煙草をくわえ、李が火をつけた。

「あいつらは俺らに自分の素性も明かさない秘密主義の集団だ。捜査も独断で進め、情報なんてひとつも流さない。それどころか、刑事部のヤマに勝手に首を突っ込み掻《か》き回しやがる。少なくとも、俺はあいつらを仲間だなんて思ったことは一度もない」

佐久間は、吐き捨てた。

本音だった。公安と手を組むのなら、ヤクザのほうがまだましだ。

公安もヤクザも、深くつき合えばリスクが生じるのは同じ……だが、ヤクザは見返りをくれる。

こちらが危ない橋を渡ったぶん、たっぷりと甘い蜜を吸わせてくれる。

それに引き換え、公安部の人間は寄生虫だ。

姿を現さず、ターゲットの体内に深く入り込み、栄養分を吸い取り丸々と肥る。

佐久間にとって、プラスになることはなにもない。

「そうですか。では、その言葉を証明して貰《もら》えますか？」

李が、佐久間の眼をじっと見据えた。

「証明って、なにを？」

佐久間の問いかけには答えず、李が大男に目顔で合図した。

大男が立ち上がると、押し入れの襖《ふすま》を開けた——ぐったりとした裸の男を片手で楽々と引き摺《ず》り出した。

男の顔は人相がわからないほどに青黒く腫《は》れ上がり、瞼《まぶた》は塞《ふさ》がり鼻はひしゃげ、唇は折れた歯でズタズタに裂けていた。

全身には、無数の切り傷が瘡蓋《かさぶた》を作っていた。

「私の周囲を嗅《か》ぎ回っていた『犬』です。よくしつけられた犬で、口を割らせるのに苦労しました」

李が、薄笑いを浮かべつつ足もとに転がされた男を見下ろした。

よくみると、手足の爪が全部剝《は》がされており、身体のあちこちがライターの火かなにかで炙《あぶ》られたように赤く焼け爛《ただ》れていた。

「……誰なんだ？」

佐久間は、ある種の予感を覚えながらも恐る恐る訊ねた。

「刑事さんが教えてくれた公安ですよ」

予感は当たった。

李に張りついていたのは、梓という女ばかりではないようだった。

張り込みがみつかり、捕らえられ、李達に拷問されたに違いない。

口が堅いことで有名な公安が素性を明かしたのだから、相当な地獄をみせられたのだろう。

「でも、仲間のことは、本当に知らないのか惚《とぼ》けているのか、口を割らないんですよ」

李は、言いながら箸《はし》を摑《つか》むと男の耳の穴に突き刺した。

男はくぐもった悲鳴を上げ、微《かす》かに足をバタつかせただけだった。

かなり、衰弱しているようだ。

「知らないんだと思う……。奴らは、身内であっても互いの素性を知らされてない場合が多いからな」

佐久間は、カラカラに干上がった声で言った。

男を庇《かば》ったわけではない。本当のことだった。

恐らく、梓も自分以外に何人の公安部の捜査員が「朝義俠」の件で動いているか知らないに違いない。

「私、最近疲れ気味なんですよ。滋養強壮に一番いいのは、人間の睾丸《こうがん》らしいですよ」

唐突な李の言葉に、佐久間は胸騒ぎを覚えた。

「刑事さん、公安の人、嫌いでしたよね？　こいつの睾丸、切り取って貰えますか？」

李が言うと、大男が出刃包丁を佐久間の前の畳に突き立てた。

「そ、それとこれとは話が……」

「なんなら、刑事さんの睾丸でもいいんですよ？」

口角を薄気味悪い笑みとともに吊《つ》り上げる李に、佐久間の心臓は凍《い》てついた。

9

「お待たせ」

午後七時ちょうど。省吾が褐色に灼《や》けた肌とコントラストを成す白い歯を覗《のぞ》かせながら現れると梓の正面の席に着いた。

省吾とは出会って一年になるが、いつも待ち合わせの時間きっかりに現れる。

——過去のトラウマで、体内時計が優秀になってね。

以前、理由を訊《き》いたときの省吾の返事が脳裏に蘇る。

省吾は、外資系の商社に勤めていた。

——一度、クライアントとの商談の日に早く着いたから五分前に会社に行ったら、ひどく怒られてさ。

——え？　遅れたならわかるけど、どうして怒られるの？

——早過ぎず遅過ぎず。優秀なビジネスマンは、きっかりと約束の時間に伺うそうだ。遅刻なんて論外。だからと言って、相手の都合もあるから、早く着くのも失礼。ほら、君にも経験ない？　友達が家にくるときに、支度している途中にインターホンを鳴らされてイラッとした経験。

——あーあるある！　でもさ、私はクライアントでもないし、商談じゃなくデートの待ち合わせよ？

——こうみえても、意外と不器用な人間でね。仕事とプライベートのオンオフがつけられないんだ。

省吾の子供のような無邪気な笑顔が、梓を和ませた。

このイタリアンレストランは、ふたりが初めてデートしたときに食事をした店だった。

「とりあえずビールください」

ボーイに告げた省吾をみて、梓は思わず噴き出した。

「なに？」

省吾が、きょとんとした顔で首を傾げた。

「ごめん。省吾も典型的な日本人だなって思ってさ」

梓は、くすくすと笑いながら言った。

「典型的な日本人って……なんで？」

「日本人の男の人ってさ、とりあえずビールって、みんな言うよね？　あれ、なんでかしら？」

「ああ、たしかに、言われてみればそうだな。いきなりワインや焼酎《しょうちゅう》じゃ重過ぎるから、とりあえずビールで喉《のど》を湿らせてほっとしたいんじゃないの？　ほら、小説も本編に入る前にプロローグってやつがあるように」

「じゃあ、ビールは前座ってこと？」

「違うよ。本編をより愉《たの》しむための大事な導入部だよ」

「でも、主役ではないよね？」

梓は、省吾の性格を知っていてわざと仕かけた。

「いやいや、とりあえずビールから始まって締めまでビールの人も大勢いるからな。ビールが本命でない人にも高い確率で親しまれているから、国民的朝の連続ドラマのヒロインみたいなもんかな」

省吾が、至って真面目な顔で言った。

「ビールが国民的朝ドラのヒロイン？　省吾の斬新な発想にはついていけないわ」

梓は、呆《あき》れた顔で肩を竦《すく》めた。

もちろん、本当に呆れているわけではない。

省吾との、どうでもいいような会話をしているひとときが、梓は好きだった。

そのときだけ、任務を忘れることができる。

省吾と出会ったのは、梓が毎朝のように立ち寄る自宅マンション近くのカフェだった。

梓はそのカフェで、好きな小説を読む時間を大事にしていた。

いつものようにカフェで話題の小説を読んでいたある日の朝、隣の席で同じように読書をしている男性がいた。

普通なら気にも留めないのだが、梓はその男性のことが気になった……というより、男性の読んでいた本が気になったのだ。

男性がコーヒーを啜《すす》りながら熟読していたのは、『シートン動物記』。

『シートン動物記』は優れた名作だったが、パリッとしたスーツを着こなす三十前後の男性がコーヒーカップを片手に朝のカフェで読んでいるというシチュエーションのアンバランスさに好奇心が湧いたのだ。

だからと言って、声をかけたりはしなかった。

仕事柄、見知らぬ人間との接触は一般人の何倍も気をつけていた。

次の日の朝も、その次の日の朝も男性は梓の隣の席で『シートン動物記』を読み耽《ふけ》っていた。

四日目の朝、男性の姿はなかった。

――あの、桜井《さくらい》さんという男性の方から、預かり物をしているのですが、お渡ししてもよろしいですか？

いつものようにカプチーノを注文した梓に、顔馴染《なじ》みの女性店員が遠慮がちに言った。

——桜井？

聞き覚えのない男性の名前に、梓は警戒した。

——これなんですけど……。

女性店員が差し出したのは、『シートン動物記』だった。

——ああ、ここ何日かきていた男の人？

梓の中に芽生えた警戒心は薄れたものの、代わりに疑問が生まれた。

——ええ。いつも小説を読んでいる女性の方によかったら読んでほしいと頼まれました。読み終わったら、店に返してくれればいいそうです。

肥大する疑問とともに、ふたたび警戒心が芽生えた。

なぜ男性は、この本を見ず知らずの自分に読んでほしいと店員に言伝《ことづて》をしたのか？

まったくわけがわからなかったが、不思議と不快な気持ちにはならなかった。


――お断りしましょうか？

――いいえ、とりあえず貸してください。


梓は女性店員から本を受け取りバッグにしまうと、読みかけの小説を開いた。

小説を読み終えた梓は、『シートン動物記』を軽い気持ちで読み始めた。

動物は好きだが、小、中学生向けの本を積極的に読もうという気にはなれなかった。

物語は四つの短編に分かれており、最初は「タラク山のクマ王」という話だった。

主人公が幼い頃に父との旅行先のアラスカで出会った灰色熊の子供との友情話で、時が流れ、主人公は大人になり、子熊は凶暴で巨大なクマ王となり、運命の再会を果たすというヒューマン物で、最初は斜に構えていた梓も、ラストあたりの文章は涙で霞《かす》んで読めないほどだった。

残る三編もとても児童向けの本とは思えないような完成度の高い内容で、なにより、大人向けの感動小説にはないシンプルだが純粋な感動があった。

読み終えた本を女性店員に返してから一週間が過ぎた頃、男性……桜井がひさしぶりに現れた。

——本、ありがとうございました。

桜井との再会を待ち望み、訊《き》きたいこともいくつかあった梓だったが、素っ気なくひと言だけ礼を告げると新しく読み始めた小説に眼を戻した。

前に読んでいた小説と同じように話題の感動作だが、『シートン動物記』を読んでからというもの、洗練された文章が胸に響いてくることはなかった。

——あの本を読む前と後では、流行作家の小説を読んでも感じかたが違いません？

隣の席から唐突に、桜井が話しかけてきた。

その問いかけは、まるで、梓の心の中を見透かしているようだった。

——どうして、私に本を貸してくれたんですか？

梓は、一番の疑問を口にした。

――本がお好きなようでしたから、感想を聞きたかったんです。

――なにをです？

――最近の話題の小説はたしかに完成度も高くストーリーもよく練り込まれていますけど、あざとさを感じてしまうんです。ここで驚かせてやろう、ここで泣かせてやろう、みたいなね。その点、『シートン動物記』とか児童向けの本って、人間にとって大事なことやいけないことを伝えるのが目的だから、物語の構築とかテクニックとかに囚《とら》われてないぶんストレートな感動があるんです。人間って、大人になるに従っていろんな鎧《よろい》を身につけますよね？　本当は言いたくないんだけどとか、君のためを思ってとか……たしかに語彙《ごい》が多いぶん人間関係がスムーズに行っているとは思いますけど、響かないんですよね、胸に。一度、そのことについて考えたことがあるんです。僕は、本当に相手のためを思ってその言葉を口にしてるのかなって。結論は、多くの場合、本当に言いたいことの前後につけている言葉って、自分を守るためのものなんだと気づいたんですよ。

まさか、『シートン動物記』を貸してくれた理由にここまでの深い意味があったとは予想しなかったが、桜井の言うことには共感できた。

子供の頃は素直に口にしていたことが、知恵がつき言葉の使い回しを覚えていくうちに、いつの間にかオブラートに包むようになってしまった。

とくに、任務のためにほとんどの会話や行動が計算されたものばかりの梓にとって、桜井の言葉は心を鷲摑《わしづか》みにした。

その出会いがきっかけで、ふたりはカフェで顔を合わせるたびに同じテーブルでお茶を飲むようになり、共通の趣味の小説の話題に花を咲かせた。

そのうち、カフェ以外でも食事をしたり映画を観に行ったりするようになり、春になれば花々の種が芽吹くほどに自然に、男女の関係へと発展したのだった。

公安部の任務に就くようになってからは、初めての恋愛だった。

出身地も仕事も本名さえも明かせないという特殊な世界に身を置く梓は、意識的に男性を遠ざけていた。

「ねえ、省吾。訊いていい？」

「なんだい？」

「どうして、あのカフェで本を貸してくれたの？」

梓は白ワインのグラスを揺らしながら訊《たず》ねた。

「説明しただろう？」

「ナンパ心とか、少しもなかったの？」

「ナンパ心とは違うけど、きれいな人だな、とは思っていたよ」

悪戯《いたずら》っぽく首を傾げる梓。はにかみつつ答える省吾。

時間が止まればいいのに……梓は思った。

カップルなら珍しくもない他愛のないやり取りだが、梓には特別な時間だった。

「最近、仕事のほうはどう？　不景気だから、お客さん減っているんじゃない？」

省吾が、思い出したように訊ねてきた。

公安に、不景気もなければお客さんもいない。

梓が空間デザインの会社に勤めていると信じて疑わない省吾にとって、それも無理はない。

馴染みのない仕事を選んだのは、嘘がバレないためだ。

一般的に認知されている職種だと、いろいろと説明しているうちに矛盾したことを口にしてしまう恐れがあるため、情報量の少ない仕事を架空の勤め先に選んだ。

仕事だけではない。

省吾が口にしている梓という名前も、両親を幼い頃に亡くしたという身の上話も、すべてが嘘で固められていた。

省吾を欺いているという罪の意識に、梓は押し潰《つぶ》されてしまいそうだった。

「ううん、そうでもないよ。空間デザイナーに仕事を依頼してくる人達って、裕福な人が多いから、不景気もあんまり関係ないんだよね」

「羨《うらや》ましいな。僕らの仕事はほとんどが海外相手の取り引きだから、円高のおかげで大変だよ」

省吾が、苦笑いを浮かべた。

詳しくは知らないが、省吾の会社は車や家電製品の輸出代行ビジネスも取り扱っているらしく、円がこれだけ高いと日本製品が売れないので会社的に大ダメージなのだそうだ。

「お待たせ致しました」

ボーイが、ビールのほかにワゴンに載せたシャンパン……ドン・ペリニヨンを運んできた。

「とりあえずビールの前にとりあえずシャンパンだ」

小気味のいい音を立てて栓を抜くボーイに視線をやりつつ、省吾が冗談っぽい口調で言った。

「シャンパンなんて、珍しいね。しかも、こんなに高い物、どうしたの？」

「祝い事に、シャンパンはつきものだよ」

「祝い事？」

首を傾げる梓の前で、省吾が緊張した顔で足もとに置いたバッグからなにかを取り出した。

「開けてみて」

省吾は、バッグから取り出した赤いリボンのかけられた小さな箱を梓の前に置いて弾んだ声で言った。

「なに？」

梓は、胸にときめきを感じながらリボンを解《ほど》き包装紙を開けた。

包装紙の中……指輪ケースの中におさまる眩《まばゆ》いばかりの輝きの粒に、梓は息を呑《の》んだ。

「これは……」

「結婚しよう」

省吾らしいストレートなプロポーズが、梓の胸を貫いた。

「あ……ずいぶん、急ね」

「プロポーズを前もって予告する人なんていないだろう？」

「それはそうだけどさ……」

「もしかして、迷惑だった？」

省吾が、不安げな表情になった。

「ううん、違う、そんなんじゃないけど……」

梓は、予期せぬ省吾の「サプライズ」に戸惑いを隠せなかった。

もちろん、嬉《うれ》しかった。

しかし、省吾が目の前にしている空間デザイナーの片桐梓は幻……存在しない女性だ。

結婚するとなれば、当然、戸籍が必要になる。

梓が公安を辞めて数年が経って真実を明かすならまだしも、それはずっと先の話であり、少なくともこの一、二年でどうこうなる話ではない。

「けど……なんだい？」省吾が、真剣な眼差《まなざ》しで梓をみつめた。

「いきなりだったから、心の準備ができてないの。ごめん……」

梓は、ボーイから受け取ったシャンパングラスの中で弾《はじ》ける黄金色の気泡に視線を落とした。

気まずい空気に包まれた梓は、沈黙するしかない自分を呪った。

10

四つん這《ば》いになった佐久間の背中が波打った——吐瀉《としゃ》物に塗《まみ》れた畳が涙に滲《にじ》んだ。

畳についた手は鮮血に赤く染まっていた。

佐久間の傍らでは、下半身から大量の出血をした公安部の男が事切れていた。

嘔吐《おうと》を繰り返す佐久間を李は、男の切り取られた睾丸《こうがん》を咀嚼《そしゃく》しながら他人事《ひとごと》のようにみていた。

李の手下……顔色の悪いサングラス男が焚《た》くカメラのフラッシュが視界を焼いた。

男は、失血性のショック死だった——自分が殺した。

命じられたとはいえ、自分が殺したことに変わりない。

違法風俗店の店長を脅し、金を巻き上げた。

裏ビデオ店に捜査情報を流し、金を受け取った。

「天昇会」の息がかかった店を梯子《はしご》し、ただ酒を呑み歩いた。

ヤクザに情報を流し、見返りとして女や金品を充てがってもらう——寄生虫のような生活を送ってきた。

刑事としてはもちろん、人間として最低の男だった。

だが、人の命にだけは手をかけなかった。

こんなどうしようもないゴミのような男でも、最低限の倫理感を持ち合わせていた。

しかし、倫理感は李にたいしての恐怖にあっさりと崩壊してしまった。

「刑事さん、よくやりましたね。あなたのことを信用しましょう。私らを嗅《か》ぎ回っている公安の話を聞かせてもらえませんか？」

李が、上機嫌な表情で言った。

この男は、悪魔のような……ではなく、正真正銘の悪魔だ。

当初の計画では、李を利用して梓という公安女を潰すつもりだった。

李を甘くみていた。

こんな「悪魔」を利用できるわけがない。

生き血を啜《すす》られ、骨の髄までしゃぶられるのは眼にみえている。

「悪いが……帰らせて貰《もら》うよ……」

佐久間が立ち上がると、大男が出入り口に立ちはだかり写真をつきつけてきた。

「いいんですか？　刑事さん、殺人罪で逮捕されますよ？」

李が、薄笑いを浮かべつつ言った。

「なっ……」

佐久間は絶句した。

「逮捕するのはよくても、されるのはいやでしょう？」

「お前っ、俺を脅す気……」

気色ばみかけた佐久間の耳もと——背後の壁にナイフが突き立った。

「勝手に押しかけてきておいて、いまさらなにを言ってるんですか？」

李が男の陰嚢《いんのう》の皮をガムのようにくちゃくちゃとさせながら腰を上げ、歩み寄ってきた。

「私が、手を組んであげましょうと言ってるんです。それとも、虫けらのように殺してあげましょうか？　首を絞められて糞《くそ》と小便を垂れ流して死ぬのがいいですか？　それとも、腹を抉《えぐ》られて内臓を撒《ま》き散らして死ぬのがいいですか？」

物静かな口調で言うと李は、壁に突き刺さったナイフを抜き佐久間の喉《のど》に刃を当てた。

李の言葉がハッタリでないのは、この部屋にきてからの残虐な行為が証明していた。

「わかった……わかったから……そいつを下げてくれ」

佐久間は、凍《い》てつく視線をナイフに投げた。

「悪魔」と手を組むのは危険だ。

だが、「悪魔」の命に背く先に待っているのは……死しかなかった。

☆　　☆

李のアジトの韓国居酒屋を出た佐久間は、百人町のホテル街を歩いていた。先頭を力士級の巨漢の金《キム》、背後を身長二メートル超えのロン毛を金に染めた孫《ソン》、右脇をサングラスをかけた顔色の悪い泰《たい》、左脇を肌が浅黒く痩《や》せた張《チャン》の四人が、李と佐久間を要人のＳＰさながらに囲んでいた。

――同志になった証《あかし》に、特別な場所にお連れしますよ。


李は言い終わらないうちに、部屋を出ると佐久間をホテル街に促したのだった。

「どこに行くんだ？」

佐久間は、周囲に落ち着きない視線を巡らせながら訊《たず》ねた。

こんなに派手な「大名行列」を、梓に目撃されたら非常にまずいことになる。

「もうすぐです。心配はいりません。もし尾行する者がいたら、ハチの巣になるだけです。いまからご案内する特別な場所には、十人以上の武装した配下を待機させていますから」

さらりと言う李に、佐久間はぞっとした。

そんな物騒な場所に、これから自分は足を踏み入れるのだ。

それに、梓も馬鹿ではない。

場所だけ突き止めて、応援態勢を整えてから李一派を一掃しようとするに違いない。

李が捕まる捕まらないに関係なく、佐久間が「朝義侠」との繋《つな》がりがあると判明した時点で公安部のターゲットになってしまう。

「悪いが、時間が……」

「着きました」

佐久間の声を遮った李が、古ぼけた欧米風の城をモチーフにした建物の前で立ち止まった。

元は、ラブホテルだったのだろうことは明らかだ。

この男は、自分を殺す気ではないのか？

不意に、沈黙していた恐怖心が鎌首をもたげた。

——片桐梓という捜査員があんたをつけ狙っている。

切り札を出した佐久間を李が不要と判断しても不思議ではない。

つい数十分前に、公安部の男性捜査員の性器を自分に切り取らせ殺したような残酷な男だ。

廃墟《はいきょ》同然のラブホテルで深くを知り過ぎた刑事を消すことくらい、朝飯前のはずだ。

「さあ、行きましょう」

躊躇《ちゅうちょ》する佐久間の腕を取った李が足を踏み出した。

ホテルの中に入った途端、埃《ほこり》っぽい空気が身体に纏《まつ》わりついた。

罅《ひび》の入った大理石造りのカウンター、電気が切れ割れた部屋案内のパネル、ビールの空き缶やゴミが散乱する床に転がる猫脚の椅子……バブル期に建築されたのだろう豪華絢爛《けんらん》なホテルも、いまや見る影もなかった。

突然、李が腰を屈《かが》めてビールの空き缶を拾い上げると宙に放った——カウンターから、蹴《け》り破られた事務室のドアから、大人の玩具《おもちゃ》の自動販売機の陰から現れた黒い迷彩服姿の男達が拳銃《けんじゅう》を構えた。

甲高い撃発音。宙で弾《はじ》け散った空き缶の残骸《ざんがい》が佐久間の足もとに落下した。

「このホテルに待機している配下達は、軍の特殊部隊経験者ばかりです」

李が、涼しい顔で解説した。

佐久間は、驚愕《きょうがく》に足が竦《すく》み動けなかった。

もし、あの空き缶が自分だったら……。

考えただけで、脳みそが粟立《あわだ》った。

「五階ですが、エレベータは使えないんで歩いていきます」

李は、佐久間を非常階段のドアに促した。

ドアを開けると、黒迷彩服の男ふたりが金に拳銃を突きつけた。

金が、黒迷彩服の男達に母国語でなにかを怒鳴ると、すぐに銃は下ろされた。

敵味方の区別なしに臨戦態勢の彼らの獰猛《どうもう》さに、佐久間は底知れぬ恐怖を覚えた。

五階に到着したときには、太腿《ふともも》がパンパンに張り息が切れていた。

金と黒の模様の絨毯《じゅうたん》が敷かれた廊下の中ほどで、先頭を歩いていた金が足を止めた。

岩のような拳《こぶし》で、ドアを不規則なリズムでノックした。

合図なのだろう、しばらくするとドアが内側から開いた。

中からはまた黒迷彩服の男がふたり出てきたが、今度は銃を突きつけたりはしなかった。

李に続いて部屋に入った佐久間は、息を呑《の》んだ。

ピンクの壁紙に囲まれた室内……ベッド、テーブル、床には、ひと目で覚醒剤《かくせいざい》とわかる白い粉を包んだ袋が足の踏み場もないほどに積み上げられていた。

「嘘だろ……」

佐久間は、我が眼を疑った。

いくら人の出入りのない廃墟といっても、これだけ堂々と覚醒剤を保管している組織は記憶になかった。

警察が踏み込むことなどないと高を括《くく》っているのか、それとも、踏み込まれたら皆殺しにする気なのか、どちらにしても日本のヤクザには考えられない大胆さだった。

ざっと見渡しただけでも、数百キロはある。

末端価格にしたら、数十億にはなるだろう。

「驚いたでしょう？　いま、東京のヤクザが扱っている覚醒剤の半分は『朝義俠』が卸していります。私達は、都内なら注文を受けて二時間以内に百キロ単位の上物を届けることができますからね。『天昇会』も、お得意さんのひとりですよ」

淡々とした口調で、李が言った。

膝《ひざ》が、ガクガクと震えた。

「朝義俠」の秘密をここまで知ったならば、もう引き返すことはできない。

毒を食らわば皿まで……腹を決め、李と手を組むしか生き残る術《すべ》はない。

「密告があって、警察に踏み込まれたらどうするんだ？」

佐久間は、気を落ち着かせるために無意味な質問をした。

「『朝義俠』の掟《おきて》は、障害物があれば避《よ》けるのではなく打ち壊して進めというものです。私達にとって、警察もヤクザも変わりありません。ビジネスを邪魔する者は、誰であろうと殺すだけです」

やはり、予想通りの返答だった。

「日本の警察を、甘くみないほうがいい」

無駄な抵抗——暴力組織を専門に相手にしてきた佐久間のプライドが発せさせた言葉だった。

「甘くなんて、みてませんよ。日本の警察は優秀です。ただし、それは日本人限定の優秀さですがね」

李が、ふてぶてしい笑みを浮かべた。

「俺に……なにを求める？」

無意識に、訊ねていた。

闇金業者、風俗業者、ヤクザ……裏社会で暗躍する闇の住人をコントロールしてきたという「実績」も、李の前では無力だった。

「情報を流してください」

李が、レンガほどの大きさに包まれた覚醒剤の塊を手に取りながら言った。

「情報？」

「そうです。『朝義侠』が『天昇会』と覚醒剤の取り引きをすると、女公安さんの耳に入れてほしいんです」

「あの女が、俺の言うことを信用するはずがない」

梓は、自分が「天昇会」と繋がっていることを知っている。

「同志」を売るようなまねをするはずがないと考えるはずだ。

「誰が、あなたに言ってくれと頼みました？」

李が、少しも表情筋を動かさずに言った。

「じゃあ、誰に言わせるんだ？」

「私が殺したガードマンの会社……『国際警備』のトップと女公安さんは繋がってるんですよね？」

李が頭に描く青写真がおぼろげながらみえてきた。

「『国際警備』の人間を使って片桐梓をおびき寄せろと……？」

佐久間が訊ねると、李が小さく顎《あご》を引いた。

「そんなこと、できるわけが……」

「やらなければ、こうするしかありません」

李がナイフを取り出し、傍らで警護していた黒迷彩服のひとりの下腹を表情ひとつ変えずに抉《えぐ》った。

パックリと裂けた布地から、うなぎのように緑がかった腸が溢《あふ》れ出し床にとぐろを作った。

凍てつく佐久間の視界で、李がうっすらと笑った。

11

闇の広がる空間に、窓の外から聞こえてくる朗らかな笑い声が忍び入った。

梓は部屋の片隅で膝を抱き、ぼんやりと浮かび上がるガラステーブルに置かれた婚約指輪に視線をやった。

——そっか……そうだよね。サプライズだからって、びっくりさせ過ぎたかな。

省吾は、努めて明るく振る舞いながら言った。

——ごめんなさい……。

梓には、謝ることしかできなかった。

——君が、謝ることはないよ。ひとつだけ、お願いを聞いてほしい。指輪は、受け取ってほしいんだ。預かってくれるだけ……君の心の整理がついたときに、嵌《は》めてくれ。どうしても整理がつかなかったら、そのときは返してくれればいい。

省吾の微笑みが、胸に突き刺さった。

いつだって、彼は自分を犠牲にした。梓が無理を言っても、穏やかな笑顔で包みこんでくれた。

なぜプロポーズを受けてくれないのか？

今回、聞きたいことや釈然としないことは山とあったに違いない。

普通の恋人なら、最低限、理由を聞くものだ。

それをしないのは、相手の心に踏み込むことを避けているから……省吾の優しさからだった。

そんな心優しき男性にたいして、自分は欺いていた。

仕事も、本名も、生い立ちも……。

国の治安を守るため、危険分子を排除する。

それが、公安部の仕事だ。

日本の警察は世界に誇れる優秀さだ。

中でも、公安警察は別格だ。

だが、片桐梓の人生や人間性という意味においては最低だ。

いったい、なんのために生まれてきたのか？

この数ヶ月、繰り返し考えてきた。

考えても、仕方のないこと……結論はいつもそこに行き着く。

いまさら人生をやり直せるはずもないし、やり直せたとしても、梓はそうしないだろうことがわかっていた。

――公安捜査官にプライベートは存在しない。それは、自由や時間がないという意味ではない。お前の人生で、片桐梓以外になる瞬間は必要ない……というより、それは害でしかない。つまり、死ぬまで公安捜査官でいなければならないということだ。


上司の永谷の言葉が鼓膜に蘇《よみがえ》る。

一生公安捜査官でいなければならないということではない。

もちろん、地方公務員なので定年はある。

永谷が言いたかったのは、警察官を退職しても、機密は墓場まで持ってゆけということだ。


闇の中で、青い着信ランプが明滅した。

条件反射で、テーブルの上の携帯電話を手に取った。

精神状態がどうであれ、梓が居留守を使うことはない。

電話に出なかったことで国家が転覆するかもしれない……それが梓が身を置く世界だ。

『片桐さんか……？』

潜めた声が、受話口から流れてきた。

電話の主は、「国際警備」の島内だった。

「どうなさいました？」

微《かす》かな警戒心が、梓を身構えさせた。

『絶対に、あんた以外に漏らさないでほしい話なんだが、約束できるか？』

島内の強張《こわば》った声が、なにか重大な話であるということを予感させた。

「その話が緊急な応援が必要な任務であった場合、約束できない場合があります」

『こっちは、命が懸かってるんだ。それなら、話せないな』

予感は、確信に変わった。

「わかりました。誰にも口外しないと約束します」

任務を遂行するためなら、嘘も厭《いと》わない。

厭わないどころか、積極的に嘘を吐《つ》く。

『「天昇会」と「朝義侠」の取り引きがある。なんの取り引きかは、わかるよな？』

「いつです⁉」

梓は、思わず立ち上がっていた。

『俺の情報が正しければ、明日の午後八時に晴海埠頭《はるみふとう》の倉庫で取り引きが行われるはずだ』

「それ、本当ですか？」

願ってもないサプライズ情報だが、だからこそ梓の胸に疑心が芽生えた。

——徹底的に「国際警備」と「天昇会」の関係を追及させてもらうことになりますけ

ど、いいんですか？

──「天昇会」の波野会長は、ウチの相談役の松谷さんの大学の後輩だ。松谷さんは元警察庁の警視正にまでなった人で、波野会長とは大学時代同様に深いつき合いをしてきた。ふたりは柔道部の先輩後輩で、波野会長は一家の柱となってからも松谷さんには絶対服従。警察官の給料では行けないような高級クラブに接待したり、外車をプレゼントしたり、かなりの金を使った。松谷さんもその見返りに、捜査情報を流したり……持ちつ持たれつの蜜月《みつげつ》関係を築いていた。「天昇会」は覚醒剤《かくせいざい》の密売で急速に大きくなった組織で、当然、松谷さんもそのことは知っていたが、見て見ぬふりをしていた。殺された谷原は松谷さんのボディガード兼運転手をやっていた男で、行動をともにしているうちに「天昇会」の構成員とも親しくなり覚醒剤に手を出すようになった。松谷さんは、ある時期から谷原の代わりに別の人間に運転を任せるようになった。多分、谷原が「天昇会」と覚醒剤の取り引きをしていたのを知っていたんだと思う。


島内の証言で、波野と松谷は大学時代からの繋《つな》がりだということがわかった。

島内は、梓の恫喝《どうかつ》に情報を流すことを約束し、じっさい、約束を果たした。

だが、彼を信用してはいなかった。

一歩間違えば、松谷と波野を警察に売ることになるという状況において、「従順な犬」になることは考えられず、また、梓にしても島内の忠誠を求めているわけではなかった。

狙いは、島内を「裏切り者」に仕立て上げ、「国際警備」の頂点である松谷に接触するきっかけ作りをすることだった。

「どうして、それを私に？」

『おいおい、なにを言ってるんだ？　君が情報を流せと脅してきたんじゃないか』

「それはそうですが、こんなに重要な情報を漏洩《ろうえい》したとなれば、へたをすると島内さんの身に危険が迫るかもしれません」

『波野会長と松谷さんの関係を喋《しゃべ》った時点で、私の身は既に危険に晒《さら》されている。いつ、公安の内通者だと感づかれて消されても不思議ではない。だから、先手を打つことにしたのさ』

ヤクザに追われる身になる前に、裏切って「天昇会」を潰《つぶ》しにかかる。

島内の言葉に矛盾はないし、よくある話だった。

しかし、鵜《う》呑《の》みにはできなかった。

身内の警視庁の警察官のことさえ信用してはならないというのが公安部の教えだ。

もっと言えば、公安捜査官にも気を許してはいない。

「天昇会」と通じている松谷の部下である人間なら、なおさらだ。

「それを、証明できますか？」

『証明したいのは山々だが、どうやって？』

「いまこの瞬間から私とともに行動し、一緒に明日の取り引き現場に行ってもらいます」

もし、島内が自分を嵌《は》めようとしているのなら、別れたあとに松谷に連絡を取るはずだ。

梓の監視下にいればそれができずに困ることだろう。

『俺がいなくなれば疑われるから、それはまずいな』

「私の前なら電話連絡は構いません。明日の取り引きまでの間くらい、具合が悪いから家で静養するとでも言っていれば、疑われたりしませんよ」

『松谷さんは、疑《うたぐ》り深い人間だ。おまけに勘が鋭いときている。家に寄ると言い出しても不思議じゃない』

「島内さんの家は、どこですか？」

『代々木《よよぎ》のほうだが……なんでだ？』

島内が、警戒した声音になった。

「松谷さんが家に行くと言い出したときにすぐに戻れるように、代々木近辺のホテルを確保します」

『そこまでやる必要は……』

「ありますよ。内通者の身を守るのも私達公安捜査官の仕事です。島内さんはなにも心配せずに、私に任せてくだされば大丈夫です。部屋が手配できたら、ご連絡します。一、二時間でご連絡できると思います。では、また」

梓は、島内の言葉を遮り一方的に告げると電話を切った。

梓は、パソコンを立ち上げ渋谷のラブホテルを検索した。

適当なホテルを三、四ヵ所ピックアップし、アドレスを携帯電話に転送すると部屋を出た。

☆　☆

目深に被《かぶ》ったニューヨーク・ヤンキースのキャップにサングラス、黒っぽいTシャツにデニム——道玄《どうげん》坂上に位置する王朝宮殿風のラブホテルの自動ドアを、梓は潜《くぐ》った。

エントランス左手のパーティションの裏側に部屋の写真が並んだパネルがあった。

ランプが点《とも》っているのが空室だ。

空いている部屋の中で、梓は向かい合う二室の宿泊ボタンを押した。

出てきた二枚のカードを手にした梓は、受付カウンターに足を向けた。

「いらっしゃいませ」

呼び鈴を押すと、黒いスーツに身を固めた男性スタッフが恭しく頭を下げた。

「連れの人は遅れてきますから、先に精算させてください」

「半金を前金としてお預かりして、お帰りの際に精算となります」

「では、お願いします」

梓が二枚の宿泊カードを出すと、男性スタッフが訝《いぶか》しげな顔になった。

「あの、お連れ様はおひとりですよね？」

男性スタッフが、遠慮がちに訊《たず》ねてきた。

「三人です。男性ふたりに女性ひとり……私の彼氏と友人のカップルです。ひとつの部屋じゃ、まずいでしょう？」

「あ、はぁ……そうですね。二部屋の内金が一万四千円になります」

苦笑いを浮かべた男性スタッフが、気を取り直したように料金を告げた。

梓は釣り銭と二枚のカードキーを受け取ると、エレベータホールに向かった。

八階でエレベータを降りた――八〇二号室と八〇八号室が梓が借りた部屋だった。

梓は八〇二号室のドアにカードキーを差し込んだ。

ドアを開けると自動照明が点り、上品な薄いピンクで統一された空間が視界を支配した。

室内の中央に設置された円形のキングサイズのベッドの掛け布団もシーツもピンクだった。

梓はドアスコープを覗《のぞ》き、八〇八号室のドアが視界に入ることを確認すると部屋に入り、やはりピンクの革ソファに座った。

携帯電話を取り出し、着信履歴の番号をクリックした。

『もしもし？』

二度目のコールの途中で、電話が繋がった。

「渋谷道玄坂上……旧山手《やまて》通りから道玄坂に入ってすぐの『パセオ』ってラブホテルにきてください」

『ラブホテル？』

島内が素頓狂《すっとんきょう》な声で繰り返した。

「はい。ラブホテルのほうが、男女が泊まるには目立ちませんからね」

口に出さないもうひとつの理由――襲撃者がいたとしても、ラブホテルに大勢では押し入り難い。

『それにしても、ラブホテルだなんて……あんた、心配じゃないのか？』

「八〇八号室にきてください」

島内の質問には答えず、向かいの部屋番号を告げて梓は電話を切った。

万が一、島内が仲間を連れてきても八〇八号室には誰もいない。

どんな状況でも誰が相手でも疑ってかかり最悪の事態が起こり得ることを想定し備えておけば、たいていの危険は回避できる。

――ねえ、訊《き》いてもいい？

――何を？

――私を色にたとえたら、何色？

——なんだい？　藪《やぶ》から棒に？

不意に食らったボディブローのように蘇《よみがえ》る省吾との会話が、梓を動揺させた。

——いいから、教えて。

——んーそうだな……白かな。

——どうして？

——純粋を色にたとえると、やっぱり白でしょ？

省吾の答えは、梓の答えと同じだった。

ただし、理由が違う。

「何色にも完璧《かんぺき》に染まることができる……あなたの知らない色にも……」

梓は、虚《うつ》ろな声で呟《つぶや》いた。

☆　　☆

薄暗いダウンライトの琥珀色《こはくいろ》の光に包まれた室内は、淫靡《いんび》な雰囲気に満ち溢《あふ》れていた。

梓は、十五分ほど前から沓脱《くつぬ》ぎ場に立ち尽くし、足音や話し声がするたびにドアスコープを覗いた。

梓がいるのは八〇二号室。島内を呼んだのは八〇八号室。

島内が裏切り仲間を連れてきたときに備えて、わざわざ二室借りたのだ。

梓は、携帯電話のディスプレイに眼をやった。約束の時間を、五分過ぎていた。


――「天昇会」と「朝義俠」の取り引きがある。なんの取り引きかは、わかるよな？

俺の情報が正しければ、明日の午後八時に晴海埠頭《ふとう》の倉庫で取り引きが行われるはずだ。

――波野会長と松谷さんの関係を喋《しゃべ》った時点で、私の身は既に危険に晒《さら》されている。

いつ、公安の内通者だと感づかれて消されても不思議ではない。だから、先手を打つことにしたのさ。


罠《わな》か？　それとも、島内が言うように身を守るために情報をリークしてきたのか？

どちらかは、わからない。

ただ、本当なら、「朝義俠」を壊滅させる千載一遇のチャンスだ。

リスクは大きいが、賭《か》ける価値は十分にあった。

ドアスコープの視界に、人影が現れた。

焦げ茶色のスーツを着た男……島内が、八〇八号室をノックしていた。

視界に入るかぎりでは、ほかに誰もいなかった。

島内は、しばらく室内からの反応を待っていたが、ふたたびノックした。

何度ノックしたところで、反応があるはずがない。

五分くらい、部屋の前でうろついていた島内が、携帯電話を取り出した。

ほどなくして、梓の携帯電話が鳴った。

梓は電話には出ず、ドアを開けた。

「島内さん」

声をかけると、弾《はじ》かれたように島内が振り返った。

「片桐さん……八〇八号室じゃなかったのか⁉」

「話はあとで。とりあえずお入りください」

手短に告げると、梓は島内を促した。

島内が部屋に入ると、梓はカギを締めて無言で中に足を向けた。

「島内さんの言葉のすべてを信用することはできません。なので、二部屋借りて様子をみさせて頂きました」

「参ったな。疑《うたぐ》り深い女だ」

島内が、首を振りながらため息を吐《つ》いた。

「疑うことが仕事ですから」

梓は、にべもなく言った。

「まあ、なんでもいいが、俺も命懸けであんたに情報をリークしているんだから、もう少し信用してもらわないと」

憮然《ぶぜん》とした表情で、島内が言った。

「信用するかしないかは、私が決めます。ところで、明日の取り引きの件ですが、『朝義俠』側と『天昇会』側は、それぞれ何人くらい集まるんですか？」

梓は訊ねながら島内にソファを勧め、自らも正面に腰を下ろした。

「男女がラブホテルの一室でする話じゃないような気もするが……」

「余計なことは言わずに、質問にだけ答えてください」

にこりともせず、梓は島内を見据えた。

「まったく、かわいげのない女だ。俺は情報提供者だぞ？　もう少し、大事に扱ってほしいもんだな」

「島内さんの身に危険が及ばないようにすること。それ以外に、私が注意を払うべきことはありません」

「やれやれ……。正確な人数はわからないが、目立たないようにするために最低限の人数だと思う。『天昇会』側は若頭とボディガードが二、三人、『朝義俠』側はわからないが、同じようなもんだろう」

梓は、島内の眼の動きや指先に注意を向けた。

人間は、嘘を吐いているときには黒眼が右上を向き、指先が落ち着きなく動いている場合が多い。

公安部に配属されてすぐに、上司の永谷に嘘を見破る心理学を学んだ。

ほかに、鼻の頭をかいたり、早口になったりするという傾向もあるらしい。

目の前の島内からは、いまのところどの「傾向」も窺《うかが》えなかった。

「応援を頼まなければ、逮捕することができません」

「それは困る。人数が多くなれば目立ちやすいのは警察も同じだ。誰にも漏らさないという約束は守ってもらわないとな」

「私ひとりで、それだけの人数を相手にするのは不可能です」

「とにかく、約束を守ってくれないのなら、俺はここを出る」

島内は、頑《かたく》なだった。

だが、梓のほうも簡単に引き下がるわけにはいかない。

「ここを出て、どこに行くんですか？　あなたが私に情報をリークしたことを『天昇会』に言ったら、無事ではすみません」

「あんた……俺を恫喝《どうかつ》するのか!?」

島内が、気色ばんだ。

「島内さんが、ここを出て行ったら危険だということを教えているだけです。これは恫喝ではなく忠告です」

梓は、表情を変えずに言うと立ち上がりミニバーから缶ビールを取り出しプルタブを開けた。

「なにが、忠告だっ。この、女ヤクザが！」

島内の罵声《ばせい》を背中に受けつつ、梓はジーンズの前ポケットからパケを取り出した――

顆粒《かりゅう》を缶ビールに混入した。

「明日、五時には取引現場に応援を呼びます。それまで、ゆっくりおくつろぎくださ
い」

言いながら、梓は島内に缶ビールを差し出した。

「ふざけやがって……」

ひったくるように手にした缶ビールを、島内はひと息に流し込んだ。

「今回の任務が終わったら、いったん、海外に飛んでもらいます。旅券、航空券、現地
での宿泊の手配はこちらでやらせて頂きますから」

「海外⁉　いったい、どこへ行くんだ？」

「アジアのどこかです。三年は別人になって生活して貰《もら》います」

「三年間、別人になれだと⁉」

島内が、素頓狂《すっとんきょう》な声を上げた。

「ええ。『朝義俠』と『天昇会』の報復を考えると、最低そのくらいの期間は必要です」

「そんな勝手な……俺には家族……」

島内の呂律《ろれつ》が怪しくなり、やがて、うなだれソファの背に凭《もた》れかかった。

「島内さん？　島内さん？」

梓は、島内の身体を二、三度揺すった。

島内は、ピクリとも動かず寝息を立て始めた。

睡眠薬の効果は覿面《てきめん》だった。

梓は島内の携帯電話と財布を奪い、部屋を出た——八〇八号室に入った。

八〇二号室と違い、籐《とう》の調度品で揃えられた八〇八号室はアジアンリゾートの趣きがあった。

ソファに座り、携帯電話のディスプレイに永谷の番号を呼び出した。

通話ボタンを押そうとしたときに、物音がした。

「報告なら、やめといたほうがいい」

バスルームのドアが開き、黒のタンクトップにカーゴパンツ姿の男が現れた。

梓は反射的にソファから立ち上がり身構えると、武器になりそうな物がないか視線を室内に巡らせた。

「心配するな。武器は持っていないし、君に危害をくわえる気もない」

男は、両手を上げて白い歯を覗《のぞ》かせた。

「誰？」

梓は、硬い声音で訊《たず》ねた。

男は若造りをしているが、二十代ではない。

「天昇会」の構成員か？

頭に浮かんだ考えをすぐに打ち消した。

男からは、ヤクザの匂いはしなかった。

「君と同じ職業だ」

「なんですって？」

梓は、思わず訊ね返した。

「李をマークしているのは、君だけじゃないということさ」

男が、さらっと言うとウインクした。

この男が、公安捜査官だというのか？

軽いノリといい雰囲気といい、とても同業とは思えなかった。

彼が一番「らしく」ないのは、陽気なところだった。

公安部の人間のイメージを陽と陰に分ければ、間違いなく後者だ。

しかし、李の名前を知っているということは、彼が「朝義侠」の人間でないかぎり公安捜査官であるという発言に説得力を持たせた。

「どうして、この部屋にいるの？」

梓は、警戒心を解かずに男に訊ねた。

視界の端に、クリスタルの灰皿を捉《とら》えた。

武器になりそうなのは、それくらいしかない。

「俺も、『国際警備』を張っていたんだ。島内を尾行したら、ここに行き着いたってわけさ。あ、俺、手塚《てづか》っていうものだ。ま、もちろん偽名だけどね」

軽薄な調子で、手塚が自己紹介をした。

「あなたも、『国際警備』を？」

「自分以外に同じターゲットを追っていた捜査官がいたとは、驚き？　俺達がいる世界は、二重捜査があたりまえなことくらい知ってるよな？　二重どころか三重……いや、四重もありうるな。まったく、人間不信になるには最高の職場だな」

「よく、喋《しゃべ》るわね」

梓は、皮肉を込めて言った。

自分以外の人間が「朝義侠」をマークしている可能性はあると考えていた。

手塚の言うように、同時進行で同一ターゲットを追うことは公安部では珍しいことではない。

梓が警戒しているのは、手塚が本当に公安捜査官なのか？　また、そうだとしたら、自分の任務を邪魔する存在か否か？

少なくとも、足を引っ張ることはなくても味方である可能性は低い。

公安部の人間はみな、個人事業主なのだ。

誰よりも先に手柄を上げることだけを考えている生き物だ。

「芸人顔負けのおしゃべりな公安捜査官って、バラエティで引っ張りだこだと思うけど、どうかな？」

「どこまで摑《つか》んでるの？」

梓は、手塚の軽口に付き合わずに訊ねた。

「もったいないな」

唐突に、手塚が呟《つぶや》いた。

「なにが？」

「プライベートでも、そんなに無愛想なのかな？　笑えば、絶対に魅力的なのに……ってね」

「私を、からかいにきたの？　まともな会話をする気がないのなら、目の前から消えてちょうだい」

梓は、怒気を孕《はら》んだ声音で言いつつ手塚を睨《にら》みつけた。

「取り付く島がないとは、このことだな」

手塚が、やれやれというふうに肩を竦《すく》めた。

「あなたにつき合っている時間は……」

「明日、覚醒剤《かくせいざい》の取り引きなんて行われない」

梓の声を遮り、手塚が言った。

「なんですって!?　それ、どういう意味？」

梓は、耳を疑った。

「そのままの意味さ。これは、君を嵌《は》めるための罠《わな》だ」

「私を嵌めるための罠？」

鸚鵡《おうむ》返しに、梓は訊ねた。

「ああ。ところで、君にとって命の恩人になるかもしれない僕は、いつまで立たされたままなのかな？」

おどけた調子の手塚の顔を、梓は穴が空くほどにみつめた。

梓は躊躇《ちゅうちょ》した。どこまで信用できるのか？

「国際警備」の島内、「朝義侠」と「天昇会」の取り引きの情報を知っているからと言って、彼が味方だという保証はどこにもない。

手塚が「朝義侠」や「天昇会」と通じているならば、それらの情報を知っていてあたりまえだ。

だが、だとすれば、わざわざこんな手の込んだやりかたをする必要もなく、取り引き自体を中止すればいいだけの話だ。

ならば、本当に公安部の人間なのか？

そうだとしても、安心はできない。

自分に偽の情報を流して捜査を攪乱《かくらん》しているという可能性もあるのだ。

基本的に、公安部の人間は自分以外の人間を信用しない。

目的地が同じであっても、「呉越同舟」を選ばず単独行動を取る。

それもこれも、公安組織の体質が徹底した秘密主義にあるからだ。

つまり、いつ裏切られるかわからないということだ。

しかし、手塚の言うことが真実ならば、梓は飛んで火に入る夏の虫だ。

事件として報じられることもなく、闇から闇に葬り去られるだろう。

彼の言葉を受け入れるかどうかは別として、話を聞く価値はありそうだった。

「話を聞くわ。あくまでも、信憑性《しんぴょうせい》のある情報かどうかの判断が目的で、あなたと手を組むということじゃないから」

梓は平板な声音で言うと、目線でソファを促した。

「ありがとう、と礼を言うべきかな？」

苦笑いを浮かべつつ、手塚がソファに座った。

「説明して」

梓は素っ気なく言うと、手塚の正面……ベッドの縁に浅く腰かけた。

「昨夜、ある男が島内と接触した。それだけだ」

「なにそれ？　そんな理由だけで、明日の取り引きに行くなって言うの？」

「行くなとは言ってない。明日、『朝義俠』と『天昇会』の覚醒剤の取り引きは行われないと教えただけだ。死にたいのなら、別に止めないけどな」

「島内がある男と接触した。それがどうして明日の取り引きが罠だということに繫《つな》がるの？」

「それが、少々、厄介な男でね。佐久間という名前を、聞いたことはないか？」

佐久間……梓の脳裏に、ひとりの男の姿が蘇《よみがえ》った。

「組織犯罪対策課の刑事ね」

梓は、表情を変えずに言った。

佐久間から、自分のヤマに手を出すなと恫喝《どうかつ》されたことは伏せた。

敵かもしれない人間に、極力、手持ちのカードをみせたくはなかった。

手塚が頷《うなず》いた。

「その、佐久間刑事が、どうして私を罠に嵌めるの？」

「そんなの、決まってるさ。『朝義侠』か『天昇会』の犬ってことだよ。または、両方の犬かもしれない」

手塚の言っていることは、ある程度想像がついた。

彼の身につけているものは、刑事の給料の範囲を超えているようにみえた。

組織犯罪対策課の刑事には、ヤクザと深い関係になっている者も少なくない。

稀《まれ》にだが、警察を辞めてヤクザに「転職」するというケースもある。

一着数十万もするブランド物のスーツを着て、一本数十万もするワインを美女に囲まれながら呑《の》む煌《きら》びやかな生活――本気になったヤクザの接待は、公務員である警察官からすればいままで体験したことのないような夢の世界だ。

組員達も、付き人かマネージャーとでもいうように身の回りの世話をしてくれる。

もちろん、それは刑事を手懐《てなず》け捜査情報を入手するためだ。

だが、中には、それを勘違いして組長にでもなった気分でヤクザを顎《あご》で使う者もいる。そうこうしているうちに、いつの間にかどっぷりとヤクザ世界に浸《つ》かってしまい、気づいたときには引き返せないほどの深みに嵌まってしまうのだ。

佐久間も、そのタイプに違いなかった。

「嘘の取り引きに私を呼び出して捕らえる。そういうことね？」

「ようやく、自分の置かれている状況がわかったみたいだな」

「あなたは、どこまで摑んでるの？」

「君は、どこまで摑んでるんだい？」

探り合いが始まった。

自分が知っていることが十あるとすれば三を出し、相手から十以上のものを引き出す。いかに小さな餌で大魚を釣るかが勝負だ。

「いま教えて貰《もら》ったように、私が摑んでいるのはあなた以下の情報よ」

少なくとも、「国際警備」と「天昇会」に関しては手塚のほうが食い込んでいるのは明らかだった。

だが、「朝義俠」に関してはそうは言い切れない。

梓は、手塚と手を組むことがプラスとなるかマイナスとなるかを見極めたかった。

「俺はまず、君を救うために情報を提供した。今度は、君の番だよ」

手塚の口調はさらっとしたものだったが、有無を言わさない圧力のようなものを感じた。

フランクな態度も、飄々《ひょうひょう》とした喋《しゃべ》りかたも、すべては演技なのだろう。

李について知っている情報を共有するべきか否か……。

「その前に、向かいの部屋で眠らせてる島内をどうするか考えるのが先決だわ。佐久間刑事と島内が接触していた事実があっても、それが明日の取り引きが嘘であることと関係しているとどうやって証明するの？　もしかしたら、あなたが嘘を吐《つ》いているかもしれないし、勘違いしているかもしれないでしょう？」

「どう説明しようと、俺が聞いた話、というのが前提になる。結局は、俺を信用するかしないかの問題さ。信用できないなら、島内と一緒に『取り引き現場』とやらに行ってみればいい。だけど、俺の言ってることが本当だとわかったときは、死ぬときだけどね。さあ、どうする？　永谷部長に報告して明日の段取りをするか、俺と情報交換して作戦変更の打ち合わせをするか？　俺は、どっちでもいいぜ」

手塚が、携帯電話のストラップに指を通してプロペラのようにクルクルと回しつつ言った。

手塚を信用するかしないかの二者択一——彼の言うことが本当なら、梓の命はないだろう。

が、ガセネタなら……手塚の狙いは？

梓は眼を閉じ、心の声に耳を傾けた。

12

「国際警備」のビルを出た佐久間は、並びにある喫茶店に入った。

「いらっしゃいませ……」

「どけ」

ウエイターを押し退《の》け、佐久間は窓際の席にどっかりと腰を下ろした。背凭《せもた》れに深く身を預け、煙草に火をつけた——ため息とともに、勢いよく紫煙を吐き出した。

窓の外は、すっかり闇に包まれていた。

佐久間の心も、窓の外に負けないくらいに暗く翳《かげ》っていた。

「あの……ご注文のほうはいかがなさいますか？」

ウエイターが、恐る恐る注文を取りにきた。

「コーヒー」

佐久間が不機嫌そうに吐き捨てると、ウエイターは逃げるようにカウンターに走った。

——もし、バレたらどうするんですか⁉　公安を嵌《は》めるなんて、へたしたら一生、刑務所暮らしですよ！

約三時間前。「国際警備」の社長室で、島内が血相を変えて捲《まく》し立てた。

——わかった。「天昇会」の幹部に、伝えとくよ。島内社長が、公安を敵に回せないから「天昇会」には協力できないって言ってたとな。

佐久間は、底意地の悪い笑みを浮かべながら言った。

——ちょ、ちょっと、待ってくださいよ……誰も、そんなこと言ってないじゃないですか！

——じゃあ、やるんだな？

切り返す佐久間に、島内が言葉に詰まった。

——受けるも拒むもお前の自由だ。ただし、拒んだ場合、ハルクのところに行くことになる。

――ハルクって、誰ですか？

――「天昇会」の会長が飼っているマスチフ犬だ。体重が百キロくらいある超大型犬で、餌代が月に二十万はかかるそうだ。

佐久間の言葉に、島内が表情を失った。

――私を脅すんですか⁉　あなた、刑事でしょう⁉

――なんとでも言え。公安女を嵌めるか、犬の餌になるか、お前が決めろ。

結果、島内は佐久間に従った……いや、従うしかなかった。

腕組みをし苦悶《くもん》の表情で熟考する島内は、佐久間にとって他人事《ひとごと》ではなかった。

――やらなければ、こうするしかありません。

ナイフを取り出す李。ザックリと裂けるボディガードの黒迷彩服の男の下腹。とぐろを作る緑がかった腸。氷結する視界。うっすらと笑う李。

思い出しただけで、鳥肌が表皮を埋め尽くした。

できることなら、拒みたかった。

公安部を敵に回すとリスクが高いのは島内だけではない。

だが、それ以上に、あのボディガードのように「臓物の塊」にされる恐怖のほうが勝った。

島内からの報告では、明日の取り引きまで渋谷のラブホテルに泊まるように命じられたという。

ラブホテルに軟禁――外部と連絡が取れないように、そう考えたのだろう。

佐久間はふたたび大きなため息を吐きつつ、携帯電話を手にした。

登録したばかりの携帯番号を呼び出し、通話ボタンを押した。

『うまく行きましたか？』

受話口から、世界で一番聞きたくない男の声が流れてきた。

「ああ、島内に、明日、『朝義侠』と『天昇会』の覚醒剤《かくせいざい》の取り引きがあると偽情報を流させた。いま、奴は外部と接触できないように公安女と渋谷のラブホテルに泊まっているらしい。これから、どうするんだ？」

『零時過ぎ、寝静まる頃にホテルに行きます。そして、女狐を殺します』

李は、まるで役所に住民票を取りに行くとでもいうように、さらりと言った。

「今夜!?　それに、なにもそこまでしなくても……」

『取り引きは嘘なんですから、明日まで待つことはないでしょう。殺さず生かして、どうする気ですか？　ペットにするおつもりですか？』

李はジョークのつもりだろうが、もちろん、笑えなかった。

「それはそうだが……」

『とにかく、女狐を殺します。十一時に、ウチの店にきてください』

「俺も行くのか!?　おいっ、ちょ……」

一方的に告げると、李は電話を切った。

佐久間は、放心状態で携帯電話をみつめた。

公安捜査官を殺害する現場に立ち会うなど、いくらアンダーグラウンドに手を染めているからとはいえ、現職の刑事としてできるはずがない。

しかし、断ったら、今度は自分の身が危なくなってしまう。

佐久間は、腕時計に視線を移した。

午後七時二十分――李に指定された時間まで、あと四時間もない。

動揺する佐久間の掌《てのひら》の中で、携帯電話が震えた。

ディスプレイに浮く「非通知」の文字。

佐久間は、恐る恐る電話に出た。

「もしもし……？」

『海東《かいとう》だ』

鼓膜を震わせる低くしゃがれた声に、佐久間は耳を疑った。

「お疲れ様です！　佐久間です」

佐久間は、みえもしない相手に背筋を伸ばし挨拶《あいさつ》した。

海東は、佐久間が勤務する新宿署署長だ。

署長自らが佐久間の携帯電話に連絡をしてくることは、初めてだった。

『君は、公安部の事件に首を突っ込んでいるそうだな？』

「え……？」

予期せぬ海東の言葉に、佐久間は返答に詰まった。

『早急に手を引き、今後、一切、公安部の事件に関わるな』

「あの、署長、いったい、なんの話……」

『これは命令だ。従えない場合、懲戒解雇にする』

惚《とぼ》けようとする佐久間を遮り、海東は電話を切った。

「なにがどうなってやがる……」

佐久間は、無機質な電子音を垂れ流す携帯電話をみつめ、乾涸《ひから》びた声で呟《つぶや》いた。

13

ドアを開けた瞬間に、島内の鼾《いびき》が聞こえてきた。

梓は、足音と息を殺して八〇二号の室内に踏み入る手塚に続いた。

手塚の手には、ロープと粘着テープが握られている。

島内は口を大きく開け、ひとり掛けのソファからずり落ちるようにして下半身を投げ出し熟睡していた。

「本当に、やるの？」

梓は、手塚の耳もとで囁《ささや》いた。

手塚は梓の問いに答えず、島内の上半身と両足をロープでグルグル巻きにした。

「これで、フィニッシュ」

言いながら、手塚は島内の唇を粘着テープで塞《ふさ》いだ。

ビールに混入した睡眠薬は強力なもので、手塚に拘束される間、島内はまったく目覚める気配もなく人形のように身を任せていた。

「こんなことして、空振りだったら島内さんの信頼を一気に失うことになるわよ？」

突然、梓の目の前に現れた手塚は公安捜査官を名乗り、「天昇会」と「朝義侠」の覚醒剤の取り引きは、梓を嵌めるための罠《わな》だと言った。

手塚を信用するか否か……梓は迷いに迷った末に、彼のシナリオに乗ることにした。

手塚が言うには、「朝義侠」もしくは「天昇会」が今夜か明日、襲撃をしてくる可能性が高いという。

島内の眼が覚めても逃げ出せないように身柄を拘束して様子をみる。

これが、手塚の描いたシナリオだった。

「空振りじゃなかったら、君は命を失うことになる」

手塚が、淡々と言った。

たしかに、彼の言うとおりだった。

だが、手塚の予想が外れた場合、せっかく内通者に仕立て上げた貴重な人材を失ってしまうことになる。

それに、梓の中ではまだ、この男は本当に公安捜査官なのかという疑念もあった。

「ねえ、部長にあなたの確認の電話を入れてもいい？」

梓は、ずっと思っていたことを口にした。

何十時間考え続けるより、永谷に一本電話をすれば解決する。

「やめといたほうがいい」

「どうしてよ？　あなたが本当に私と同業なら、困ることはないじゃない」

「襲撃者と鉢合わせたら洒落《しゃれ》にならない。とりあえず、続きは向かいの部屋で」

言い終わらないうちに、手塚が部屋を出た——慌てて、梓もあとを追った。

「そこ、違う部屋よ」

八〇八号室の隣——八〇七号室のドアノブに手をかけた手塚に梓は声をかけた。

手塚は制する梓に耳を貸さずに、八〇七号室に入った。

「ちょっと、なにやってる……」

「いいから、早く入って」

手塚に腕を引かれ、梓は部屋に引きずり込まれた。

「どういうことよ!?」

「八〇八号室は、島内に知られてるだろう？　だから、すぐに隣を押さえておいたのさ」

「私がシナリオに協力するかどうかわからないうちに、手を回したっていうの？」

「絶対に協力してもらうことを前提としていた。同僚が目と鼻の先で殺されるのは避けたかったからね」

飄々《ひょうひょう》とした調子で言うと、手塚がウインクした。

隙があるようにみえるが、手塚は抜かりのない男だった。

「おかしな連中がホテルに入ったら、近辺に張っている俺の協力者から連絡が入ることになっている」

手塚が、携帯電話を翳《かざ》してみせた。

「すべてにおいて、用意周到ね。で、なぜ、部長に確認しちゃいけないの？」

ソファに腰を下ろしながら、梓は訊《き》いた。

「俺は、任務違反をやっている」

ミニバーから二本のミネラルウォーターを取り出した手塚は、一本を梓の前に置きながら向かいのソファに座った。

「任務違反？」

「そう。部長からは、君に接触しちゃいけないと言われている」

「私がこの任務に就いていることを知らされていたの？」

梓の声音には、不快な響きが込められていた。

永谷からは、手塚のことを聞かされていなかった。

なのに、手塚は自分の存在を知らされていた。

この事実は、なにを意味するものだろうか？

ひとつだけはっきりしているのは、いかなる理由があろうとも、自分よりも手塚のほうが重要な扱いをされているということだ。

「ああ。俺の役目は君と同じ『朝義侠』壊滅。方法は、君の動きによって起こる波紋を待つというやりかただった」

「つまり、私は、撒き餌《まえ》だったということ？」

怒りに、鼓動が早鐘を打ち始めた。

「まあ、簡単に言えばそういうことだな」

怒りの感情の暴走に、疑念がブレーキをかけた。

手塚の任務を遂行するために、自分は撒き餌にされていた。

これが真実ならば、屈辱以外のなにものでもない。

しかし、手塚が公安捜査官でなければ話は違ってくる。

「あなたの話が本当だと、どうやって信用すればいいの？」

「さっきと同じになるが、俺を信用してもらうしかないな」

「それは、無理だわ。あなたの論理なら、どうにでも好きなように話を作れるじゃない。私がなぜ、この水を飲まないかわかる？　私が島内にそうしたように、なにかを混入されているんじゃないかと疑ってるからよ。そんな相手の言葉だけを信じるだなんて、無茶過ぎるわ」

本音だった。

公安捜査官として、人生を捧《ささ》げてきた。

手塚の話した「真実」は、一歩間違えれば梓のすべてを否定する。

いまさら素の自分に戻っても、どうやって生きて行けばいいのかさえわからない。

「俺達にとっての『真実』は、それが『真実』と信じたものだけだ。自分以外の全世界の人間が『真実』だと言っても、それは俺達にとっての『真実』じゃない」

手塚の言っている意味は、よくわかった。

目にみえるものや耳に入ってくるものが虚偽で塗り固められた世界――果てのない暗闇を歩くような世界で生きている公安捜査官にとって頼るべきものは嗅覚《きゅうかく》しかない。

「君が俺を信じるか信じないか？　ふたつにひとつだ。その結果、君が俺を信じ切れないというのなら、いまから島内のロープを解《ほど》きに行くがいいさ」

手塚の物言いを聞いて、少なくとも彼が自分と同業であることだけは信じられる気がした。

だからといって、味方であるとはかぎらない。

「それで、このあと、どうするつもり？　襲撃者が現れたら捕まえるの？」

信じるわ……の言葉の代わりに、梓は話を先に進めた。

「まさか。そんな、ライオンの群れに飛び込むシマウマみたいなまねはしない。今夜は、首謀者の『めんわり』が目的だ」

「あなたには、応援を呼ぶという選択肢はないの？」

「ひとかけらもないね。現段階でそんなことをしたら奴らに気づかれる可能性もあるし、もしくは、実行犯が雑魚《ざこ》だった場合、首謀者は地下深くに潜ってしまう。どちらにしても、リスクが高過ぎる」

襲撃者が現れるなら、李本人が現れるだろうという確信が梓にはあった。

手塚には、覚醒剤《かくせいざい》絡みのトラブルで「国際警備」の警備員を李が殺したことを話していない。

手持ちのカードをみせるほどの信頼は、まだなかった。

「わかった……」

携帯のバイブレータの音が、梓の声に被《かぶ》さった。

「動きはあったか？」

手塚が、冷静な声音を送話口に送り込んだ。

「写メは撮れたか？　そうか。わかった。送信したら、すぐに現場を離れろ」

携帯電話を折り畳んだ手塚は、梓に目顔で合図をすると沓脱《くつぬ》ぎ場に向かった――チェーンロックをかけたまま、薄くドアを開いた。

梓と手塚はドアの隙間から目から上だけを出し、エレベータ方面の廊下をみた。

「三人だそうだ。顔を、見逃すなよ」

手塚は、視線を廊下から離さずに言った。

頷《うなず》く梓の胸は、張り裂けそうに高鳴っていた。

14

渋谷道玄坂上のコンビニエンスストアの前に立つ佐久間の足もとには、煙草の吸殻の山が散乱していた。

李達のアジトから、待ち合わせ場所は梓と島内が潜んでいるラブホテルに近いという理由で、この場所に変更になった。

タクシーや車が目の前で停まりドアが開くたびに、佐久間は反射的に顔を向けた。

ほろ酔い加減の男性、きつい香水の匂いを撒き散らす盛り髪の女性、粘着テープでくっつけたように身体を密着させたカップル——待ち合わせの午後十一時を三十分過ぎたというのに、李は現れなかった。

「自分から呼び出しておきながら、なにやってんだよ、まったく……」

これからなにをするために呼び出されたかを改めて実感し、恐怖に声帯がぎゅっと萎《い》縮《しゅく》した。

——零時過ぎ、寝静まる頃にホテルに行きます。そして、女狐を殺します。

女狐は梓という公安捜査官だ。

「国際警備」や「天昇会」の周辺を嗅《か》ぎ回る梓は、たしかに邪魔だった。

李が殺すというのなら、それも仕方がないだろう。

胸を痛ませるほど、善人ではない。

ただ、殺害現場に自ら赴くとなれば話は違ってくる。

先日、李に息の根を止めるよう命じられた時は、すでに相手の公安の男は虫の息で、遅かれ早かれ男は死んでいた。ある意味では不可抗力だった。また、公安刑事が葬られても、事件が公になることは少ない。公安の警察官自体が、公の存在ではないからだ。

だが、今回は違う。いくら最低の刑事といえども、意志を持ってする殺人の共犯はさすがにまずい。
しかも、佐久間にはもうひとつ厄介な問題があった。
——早急に手を引き、今後、一切、公安部の事件に関わるな。

署長の海東からの、突然の電話。
従えなければ、懲戒解雇すると恫喝《どうかつ》された。
公安部の上層部が刑事部の上層部に働きかけたと考えるのが妥当だろう。
梓がチクった可能性は高い。
その梓が殺害されたとなれば……その現場に自分が居合わせたなら……。
刑事生命、いや、人生そのものが絶たれてしまう。
だが、断るという選択肢は佐久間にはなかった、というより、与えられていなかった。
李の申し出を突っ撥《ぱ》ねれば、佐久間の命はない。
殺人の共犯者にされるのはいやだが、命あっての物だねだ。
気を落ち着けようと新しい煙草を取り出そうとしたが、パッケージは空だった。
佐久間は舌打ちをし、コンビニエンスストアに入った。
運の悪いことに、店に煙草は置いてなかった。
「あのさ、タスポを貸してくんないか？」

佐久間はレジに向かい、いらついた口調で店員に言った。

「申し訳ございませんが、タスポはありません」

「なんだそれ？　煙草くらい、置いとけ……」

「よかったら、どうぞ」

顔の横……視界に、煙草が入った。

「なっ……」

振り返った佐久間は、思わず声を上げた。

「遠慮せずに、どうぞ」

赤のセットアップ姿の李が、無表情に煙草を勧めた。

「いつから……いたんだ？」

「十時半からです。佐久間さんが裏切って仲間を連れてこないか、観察させてもらいました」

機械のような無機質な声音で、李が言った。

李の背後に、眼つきの鋭いふたりの男が立っていることに佐久間は初めて気づいた。

ふたりとも、アジトにいた男達ではない。そっくりな顔をしているので、双子なのだろう。

揃って黒の繋《つな》ぎ服を着て、揃って坊主頭なのでまったく見分けがつかないが、片方の男の顎《あご》に刃傷のようなものがあるのが唯一の相違点だ。

「彼らは……？」

乾《ひ》涸《から》びた声で、佐久間は訊《たず》ねた。

「黄《ファン》兄弟です。確実な仕事をしたいときに、私が一番信頼している配下です」

確実な仕事……。

李の言わんとしていることは、すぐにわかった。

つまり、一番信頼している「殺し屋」ということだろう。

「十二時きっかりに実行します。現場はここから歩いて約五分です。まだ二十分ほど時間がありますので、ゆっくり一服してください。私達は、現場の下見をしてきます」

李は言うと、佐久間の唇に煙草を捩《ね》じ込み黄兄弟とともに店を出た。

店員の咎《とが》めるような視線を背中に感じながら、佐久間も三人のあとに続いた。

煙草に、火をつけた。

闇空に立ち昇る紫煙が、佐久間には己の体内から抜け出す魂のように思えた。

☆　　☆

道玄坂と言っても、旧山手通り沿いに近い場所なのでホテル街といったイメージからは懸け離れひっそりとしていた。

李と黄兄弟は無言で緩やかな坂道を上っていた。

佐久間は、暗鬱《あんうつ》な気分で三人のあとに続いた。

死神の背中は、きっとこんな感じなのだろうとぼんやりと考えた。

できることなら、逃げ出したかった。

いや、時を巻き戻し、李と会う以前に戻りたかった。

どうして、こんなことになってしまったのか？

「天昇会」とのつき合いは、緊張感の中にも安心感があった。

餌――情報を提供しているかぎり、彼らヤクザが牙《きば》を剝《む》いてくることはないという保証があった。

保証だけでなく、旨《うま》い酒にありつき、いい女を抱き、高価なスーツを身に纏《まと》う生活――見返りをくれた。

しかし、李にはいくら情報を与えても保証も見返りもない。

ギブアンドテイクの精神は、彼らの辞書にはないに違いない。

ひたすら脅し、強要という名の協力を求めるだけだ。

三人とも手ぶらだった。拳銃《けんじゅう》を忍ばせているようにもみえない。

いったい、どうやって梓を……。

思考を止めた。あと数分後に繰り広げられるだろう「悪魔の宴《うたげ》」から、意識を逸《そ》らした。

そうしなければ、平常心を保てそうになかった。

ホテル「パセオ」のブルーの看板が、ぼうっと闇に浮いていた。

不意に、足を止めた李が黄兄弟の片割れに母国語でなにかを言った。

片割れ——顎に傷のあるほうの男が繋ぎ服のポケットから小さな折り畳みナイフを取り出し佐久間の鼻先で刃《やいば》を開いた。

グリップは掌にすっぽりとおさまるほど小さく、刃渡りも四センチに満たないくらいに短かった。

顎傷男は、鮫《さめ》のような不気味な眼で佐久間をじっと見据えている。

「な、なにをする気だ……？」

震える声で、佐久間は訊ねた。

殺されるかもしれない。いま、この状況でそれはないと少し冷静になればわかることだが、それでも、死の恐怖に足が竦《すく》んだ。

意思の疎通ができない……それが、ヤクザと彼らの大きな違いだ。

「公安の女狐に使うやつなのでご安心を。タクティカルナイフです。大きなものは刃渡り二十センチを超えますが、職質されたらすぐにみつかりますからね。それに、腕がいい人間が使うなら、三センチの刃渡りで心臓を貫けます」

李が、まるで家電製品の説明書きを読むような口調で言った。

タクティカルナイフは戦闘目的のナイフで、多種多様なタイプが出回っているが、基本は戦場で人を殺傷するために特化した作りになっている。

「なるほど……」

安堵に、強張っていた全身の筋肉が弛緩した。

「裏手の非常階段のドアのカギを壊しておきましたから、行きましょう」

李は言うと、ふたたび「死神の背中」をみせて足を踏み出した。

☆　☆

非常階段を八階まで上り切った頃には、息が上がっていた。

李も黄兄弟もまったく息が乱れておらず、涼しい顔をしていた。

佐久間の心臓が跳ねているのは、不摂生な生活をしているばかりが理由ではなかった。

この非常口のドアを開ければ、梓が潜む部屋がある。

あと数分後には……。

ふたたび、膝《ひざ》が笑い始めた。

まさか自分が、殺人の片棒を担ぐことになるとは夢にも思わなかった。

李が、非常口のドアを薄く開け、廊下の様子を窺《うかが》ったあとに振り返り頷《うなず》いた。

廊下の真紅のカーペットが、佐久間には血の海にみえた。

八〇二号室の前で李が足を止めた。

頼む、いないでくれ……。

佐久間は心で願った。

梓の身を心配したわけではなく、刑事としての保身を考えたのだ。

「カギは開けておくように、島内には伝えてますか？」

訊ねてくる李に、佐久間は頷いた。

「よろしい」

短く言うと、李は八〇二号室のドアをそっと開けた。

次の瞬間、獲物をみつけたチータのように物凄《ものすご》いスピードで部屋に駆け込んだ。

あとに続いた佐久間の視界に、ロープで拘束され口を粘着テープで塞《ふさ》がれソファに座らされた島内の姿が飛び込んできた。

黄兄弟が素早い動きでクロゼット、トイレ、バスルームをチェックした。

部屋に戻ってきたふたりが、無表情に首を横に振った。

梓はいない。なにがどうなっているか訳がわからないが、とにかく梓はいないという事実に、佐久間はほっと胸を撫《な》で下ろした。

李が、黄兄弟に視線を向け、小さく顎を引いた——片方のナイフが島内の喉《のど》を裂き、もう片方のナイフが心臓を抉《えぐ》った。

「うっ……」

佐久間は、腰から床に崩れ落ちた。

「か……彼は、仲間だろう！」

我を取り戻した佐久間は、腰砕けのまま李に抗議した。

「へたを打った豚は殺す。それが、私達の流儀です」

冷たい光の宿る眼を島内から佐久間に移した李が、うっすらと微笑んだ。

悪魔の微笑——佐久間は、島内の裂けた咽頭《いんとう》から噴水のように飛沫《しぶき》を上げる鮮血を、絶望色に染まった瞳《ひとみ》でみつめた。

15

トイプードルとチワワをそれぞれ膝に載せて愉《たの》しそうに語らう若いカップル、静かに読書する品のいい老紳士、スウィーツのショーケースの前で瞳をキラキラとさせて騒ぐ女子高生のふたり組……店内の客を見渡していた梓は、虚《うつ》ろな視線を窓の外に移した。

——今後のことで、梓と話しておきたいことがあるんだ。来週、どこかで時間を取ってもらえないかな？

省吾からかかってきた電話。「話しておきたい」ことがなんなのか、見当はついていていた。

――君が、謝ることはないよ。ひとつだけ、お願いを聞いてほしい。指輪は、受け取ってほしいんだ。預かってくれるだけ……君の心の整理がついたときに、嵌《は》めてくれ。どうしても整理がつかなかったら、そのときは返してくれればいい。

省吾からの突然のプロポーズに、梓は曖昧《あいまい》な返事をすることしかできなかった。
もちろん、省吾のことは好きだ。
小学生の頃の淡い初恋を除いたら、誰かを愛《いと》しいと思ったのは初めての経験だった。
空のように広く海のように深い包容力を持つ男性だった。
しかし、嘘で固めた人生の自分が、結婚などできるわけがない。
それ以外にも、省吾と結婚できない理由はあった。

――俺の言うこと、信用してくれたかな？

一週間前の渋谷のラブホテル……梓の脳裏に蘇《よみがえ》る手塚の言葉に、梓の肌が粟立《あわだ》った。
部屋に踏み込んだ梓がみたのは、「国際警備」の島内の惨殺された屍《しかばね》だった。
裂かれた喉と刺された心臓から溢《あふ》れ出した鮮血で、室内の絨毯《じゅうたん》は赤く染まっていた。

島内のいる八〇二号室に踏み込んだのは四人……李とふたりの配下、そしてもうひとりは驚くべきことに組織犯罪対策課の佐久間だった。

――君があの部屋にいたら、いま頃どうなっていたと思う？

――まさか、佐久間刑事まで……「天昇会」と深い関係にあったのは知っていたけど、殺人に手を貸すなんて信じられないわ。

――佐久間は、李の駒に過ぎない。へたを打ったり必要なくなったら、使い捨てられる運命だ。島内のようにね。

表情ひとつ変えずに淡々と語る手塚の隣で、梓は頷くことしかできなかった。

手塚の言うとおり、「天昇会」と「朝義侠」の覚醒剤《かくせいざい》取り引きが行われるという島内からの情報は、自分を殺害するために李が描いた絵図だった。

手塚がいなければ……考えただけで、ぞっとした。

敵どころか、手塚は命の恩人ということになる。

ただし、それは今回にかぎっての話だ。

手塚もまた、「朝義侠」壊滅の任務を負っている。

目的は梓と同じでも、ともに敵に向かい、と彼が考えているという保証はない。

李が自分をターゲットにしていることが判明した。

手塚が任務を遂行する過程で、行動をともにすればそれは大きなハンデとなる。

はっきり言えば、足手纏《まと》いだ。

梓が逆の立場でも、的にかけられている相手をパートナーには選ばないだろう。

ならば、なぜ、手持ちのカードを切ってまで自分を助けたのか？

同僚を見殺しにはできない……それもあったとは思うが、それだけではないはずだ。

「朝義俠」についての情報収集――手塚が、己と同じ任務に就いている梓を利用しようとするのは少しも不思議なことではない。

ラブホテルを出たあと、手塚は永谷に電話をし、島内が殺害されていたこと、実行犯のグループに李がいたことを報告した。

梓と行動をともにしたことを伏せていたのはわかるとして、佐久間の存在も伏せたことに疑問を感じた。

――佐久間が、拘束されてしまうのは惜しい。まだまだ、使い途《みち》があるからな。

その理由を訊《たず》ねる梓にたいしてさらりと答えた手塚だったが、深い意味が含まれていた。

公安上層部が今回の事件を知ったら、佐久間はただでは済まないだろう。

公安が名誉を懸けて潰《つぶ》しにかかっている「朝義侠」の手先となった裏切り者は、確実に牢屋《ろうや》に入れられる。

ただの懲役ではない。

上層部はあらゆる人脈、手段を駆使して佐久間を一生、塀の中に閉じ込めるに違いない。

——佐久間を、どうする気？

梓は、不快感を隠そうともせずに訊ねた。

刑事という国民を守る立場の聖職に就きながら、事もあろうに殺人の片棒を担いだ佐久間に、梓は一刻も早く司法の裁きを与えたかった。

——スズメバチを捕らえて胴体にこよりを結んでふたたび空に放つ。

唐突に、手塚が言った。

——なにが言いたいの？

——自由を取り戻し一目散に飛び去るスズメバチのこよりを追って、駆除隊は巣を突き止める。

——佐久間を泳がせて、「朝義俠」のアジトを突き止めようというわけ？

手塚が頷《うなず》いた。

——突き止めたところで、いくらでも「巣」は変えられるわ。

梓は、冷めた口調で言った。

日本の指定暴力団の場合、本部事務所から支部まで警察は把握している。

だが、マフィアは違う。

彼らは、ヤクザのようにきっちりとした組事務所を構えているわけでなく、また、看板を掲げているわけでもなく、古ぼけたアパートの一室をアジトにしていることも多い。

島国で育った民族と大陸民族の違いというのも、関係しているのかもしれない。

——突き止めるのは「巣」じゃなく、「女王蜂」だ。

——女王蜂？

——李には、逆らえない女性がいる。

——コリアンマフィアで、女性幹部がいるなんて聞いたことないわ。

——その女性は、マフィアじゃない。しかも、子供だ。

——子供!?

——そう。七歳の娘だ。

——李は、結婚してるの!?

李と結婚のイメージは、たとえるなら、虎がリードに繋《つな》がれ散歩しているように違和感があった。

——ああ。いまは独身だがな。

——離婚したのね？

李が、円満な結婚生活を送っているとは考えづらかった。

——死別だ。

手塚から返ってきたのは、意外な答えだった。

愛する妻を亡くし、失意の底で哀しみに打ちひしがれる夫……似合わないにも、程がある。

――彼も、人間らしい生活を送ってたなんて驚きだわ。

――勘違いするな。死別って言っても、自業自得だ。

――え？

――李が殺したのさ。


梓は、絶句した。


――噂だから本当のところはわからないが、なんでも、躾《しつけ》の意味で娘を叩《たた》いた妻に逆上して殺したらしい。それも、金槌《かなづち》で頭蓋骨《ずがいこつ》を粉々に叩き割るというエグい殺しかただったそうだ。

――そんな……自分の奥さんでしょう？

――驚くのは、まだ早いって。死体が発見されたのは庭先のケージだったそうだ。

――ケージ？　犬の？

――いいや、豚だ。李は、惨殺した嫁さんを豚の餌にしていたのさ。警察が駆けつけたときには、身体のあちこちが食いちぎられていたって話だ。


話を聞いているだけで、吐き気がした。

やはり、李は「悪魔」だった。

一瞬でも、人間らしい一面があるのかも、と思った自分が恥ずかしかった。

なぜ、警察に捕まらなかったのかなどという愚問はしなかった。

祖国での「朝義俠」は重要な資金源であり、幹部メンバーには政府首脳が何人もいる。

つまり、祖国において「朝義俠」は警察の上層機関……軍が戦争で人を殺しても警察に捕まらない、というのと同じだ。

——娘のことだけは、溺愛《できあい》してるってこと？

——溺愛なんてもんじゃないさ。李の、娘への愛情の注ぎかたは尋常じゃない。娘をイジめた男の子を殺したこともあるらしい。配下はもっと悲惨で、娘の遊びの相手をしている最中に、彼女の虫の居所が悪くて泣き出したってだけで、手首を切り落とされたり耳を削がれたり……まあ、とにかく狂気の沙汰《さた》だな。

「女王蜂」……なぜ、手塚が李の娘をそうたとえたかの意味がわかった。

——娘の居所を突き止めて身柄を確保する。あなたの狙いはそういうこと？

——ああ。いまも説明したように、娘のためならなんだってやる男だ。逆を言えば、娘の存在が奴の弱点にもなる。娘を人質に取り、李を従順な犬にして「朝義俠」の情報を得る。

――従順な犬じゃなく、手負いの狼になったら？

――娘を押さえているかぎり、奴は無茶はできない。


翌日から、梓と手塚は佐久間の行動を追った。

この一週間、佐久間は署に顔を出すものの、仕事らしい動きはせず、パチンコや場外馬券場で時間を潰《つぶ》し、陽が傾くと「天昇会」の息がかかった飲食店を梯子《はしご》することの繰り返しで、まるで再現フィルムを延々とみせられているようだった。

あの事件後は、李とは一度も接触していなかった。

翌日の午後にはニュースで「国際警備」の社長の殺害事件が大々的に報道されており、ほとぼりが冷めるまでは警戒しているに違いなかった。

梓は、握り締めていた正方形の小箱をガラス玉の瞳《ひとみ》でみつめた。

省吾からの婚約指輪……返すつもりだった。

もちろん、彼を嫌いなわけではなかった。

できることなら、左手の薬指に嵌《は》めた指輪を省吾にみせたかった。

女性としての悦《よろこ》びを……人間らしい生きかたを、彼とならできるという幻想を抱くには、梓の置かれている状況はあまりにも危険なものだった。

自分と結婚すれば、省吾も的にかけられるのは火をみるより明らかだ。

コリアンマフィアは、ターゲットのみならず、ターゲットが大事にしている者達を皆殺しにする、それが常套《じょうとう》手段だ。

省吾を、巻き込むわけにはいかなかった。

「お待たせ」

頭上から、省吾の声が降ってきた。

心臓が跳ね上がった——慌てて、指輪ケースを後ろ手に隠した。

「珍しいわね」

梓は、店内の時計に視線をやりながら言った。

いつも約束の時間きっかりに現れる省吾が、今日にかぎって十分前に現れたので油断していた。

なぜ隠す必要がある？

あなたと、結婚することはできない。

それを告げるために、ここにきたはずだ。

「うん。今日は特別な日だからね。ちょっと、緊張してるんだ」

「特別な日？」

省吾が頷き、席に着いた。

「なに？」

首を傾げてみたものの、彼がプロポーズの返事を聞くために呼び出したのだろうということは、わかっていた。

「いきなりだけど、今日は、君の返事を聞くために呼び出したんじゃないんだ」

梓の心を見透かしたように、省吾が切り出した。

「あ、そうなんだ」

梓は、肩透かしを食らった気分になった。

「梓がなんですぐに返事ができないかを、僕なりに考えてみたんだ。出会ってまだ一年……お互いのことわかっているようで、まだまだ知らないことが多いと思うんだ。だから、まずは知ることから始めたほうがいいんじゃないかって。つまり……」

省吾が言葉を切り、運ばれてきたアイスコーヒーに口をつけた。

たしかに、省吾の言うとおりだ。

彼が外資系の商社マンだと聞いているが、日々どんな業務をしているのかまでは知らない。

彼が好きな食べ物は知っているが、作ってあげたことはない。

彼の実家が福岡だと聞いているが、行ったことはない。

深く立ち入られないために、深く立ち入らないようにしてきた。

――今度、梓の職場に行ってもいいか？

――梓の上司に、一度挨拶《あいさつ》しておかないとな。

――今年の年末はさ、海外で年を越したいね。

省吾の求めることは普通のカップルなら当たり前のものだが、梓にとってはひとつひとつが深刻な問題だった。

空間デザインの事務所などないし、公安の上司など紹介できるわけがない。

海外に行くにはパスポートが必要になる。片桐梓という名前自体が偽名であり、当然、パスポートなど作れるわけがない。

仮にパスポートを持っていたとしても、二十四時間態勢で指令が下されればいつでも出動しなければならない仕事柄、プライベートで海外に行くことは不可能だ。

「つまり？」

梓は、省吾の言葉の続きを促した。

「率直に言うけど、しばらく、一緒に住んでみないか？」

「え……？」

「半年、いや、三ヶ月でもいい。生活をともにして、結婚生活のシミュレーションをしてみたいんだ。それで、お互いに受け入れられない部分があれば遠慮なしに指摘し合って、改善できるように努力してみる。それでもどうしても無理なら……ふたりの関係を見直すことになるのも仕方ないと思ってる」

省吾が、唇を噛《か》み眼を伏せた。

思い詰めた表情の省吾に、胸が痛んだ。

自分のあやふやな態度が、彼をここまで追い込んでいたという事実がショックだった。いまのこの状況で、指輪を返すことなどできない。

省吾にたいしての同情とは違う。

彼は、教えてくれた。

まだ、自分に人を愛せる人間らしい部分が残っていたということを……。

彼は、教えてくれた。

まだ、自分に女である部分が残っていたということを……。

「一緒に暮らしたからって、わかり合えるものじゃないと思うわ。こうやって会っている回数を重ねてゆけば、みえてくる部分があるんじゃないかしら……離れているからこそ、みえることもあるんじゃない？」

苦しい弁明だった。

たとえ一週間であっても、同棲《どうせい》生活などしたら「空間デザイナー」という嘘がバレてしまう。

「梓。もし、僕への気持ちが冷めたのなら、遠慮はしなくていいから本当のことを言ってほしい」

「私は……」

省吾のことが好きよ……という言葉を、バッグの中で震える携帯電話が呑《の》み込んだ。

「私は……なんだい？」

振動のテンポで、電話の主が手塚だとわかった。

「朝義俠」絡みのことに違いない。

このタイミングで、電話に出ることは気が引けた。

震え続ける携帯電話が、なにか重要な情報を告げる連絡だということを訴えていた。

しかし、省吾の目の前で話せる内容ではない。

席を立ってしまえば、誤解されるだろうことは容易に想像がついた。

「電話、鳴ってるんじゃない？」

「え……ああ……」

梓は、いま初めて着信に気づいたふうを装いバッグから携帯電話を取り出した。

ディスプレイを凝視したまま躊躇《ちゅうちょ》する梓に、省吾が言った。

「出なくていいの？」

「職場からだわ。ちょっと、ごめんなさい。すぐに戻るから」

梓は腰を上げ、トイレに向かった。

省吾の姿がみえなくなると駆け足で個室に入り、通話ボタンを押した。

『いまから、百人町にきてくれ』

手塚が、開口一番に言った。

「いまから？」

『ああ。アジトを突き止めた』

「わかった。三十分くらいで着くと思う」

『新大久保《しんおおくぼ》駅の近くにきたら電話をくれ』

言い残し、手塚は電話を切った。

冷え冷えとした電子音が流れる携帯電話を放心状態でみつめていた梓だったが、すぐに我に返って個室を出た。

「ごめんね。現場でお客さんとトラブルがあったみたいで、いまから行かなきゃならなくなっちゃった」

梓は、努めて平静を装った。

「いまから？」

省吾の質問の中からは、微《かす》かながら疑心の響きが感じ取れた。

プロポーズと同棲の申し出にたいして色好《いろよ》い返事ができない梓に、「できない理由」があると省吾が誤解しても仕方がなかった。

「こんな大事な話をしているときに、本当にごめんなさい。さっき私が電話の前に言いかけたのは……」

「聞きたくない」

省吾が、いままでみせたことのないような険しい表情で梓を遮った。

「誰か別に好きな人ができたなら、はっきり言ってほしかった……」

省吾は力なく言うと、伝票を手に取りレジに向かった。

「しょう……」

梓は、呼び止めようとした声を呑み込んだ。

人並みの女性として省吾の思いに応《こた》えられないのなら、誤解されたままのほうがいいのかもしれない……そう思い直したのだった。

それに、誤解ではない。

省吾に身を委《ゆだ》ねられない理由が、「別の男性」ではないだけであって、彼を欺いていることに変わりはなかった。

「これでいい……」

梓は自動ドアの向こう側に消えゆく省吾の背中をみつめながら、自分に言い聞かせるように呟《つぶや》いた。

16

「野球賭博《とばく》の胴元は『一斉会《いっせい》』の若頭の菅谷庄治《すがやしょうじ》が務めています。プロレスラーの竜崎《りゅうざき》がレスラー仲間から集めた賭《か》け金を毎週金曜日に菅谷の愛人宅のポストに入れるというシステムができあがっています。菅谷は、『西日本プロレス』以外にも、老舗《しにせ》プロレス二団体に賭博長を置き、半年で、およそ四千万あまりの利益をあげていました」

大会議室に設置された捜査本部——組織犯罪対策課の主任の捜査報告が、佐久間の耳を素通りした。

「一斉会」の資金源になっている野球賭博組織壊滅には、組織犯罪対策課のプライドがかかっていた。

だが、佐久間の頭を占めているのは、「一斉会」ではなく、ある光景だった。

裂けた喉《のど》から噴出する血飛沫《ちしぶき》、心臓に突き立ったナイフ——李の配下に無残に殺された「国際警備」の島内の屍《しかばね》が、一週間経ったいまも脳裏から離れなかった。

忌まわしい記憶を打ち消そうと浴びるように酒を呑んでも、自棄《やけ》になり女を抱いても、黄兄弟のナイフが島内の喉を引き裂き心臓を貫く光景から逃れることができなかった。


——島内の件で、なにか動きはありましたか？


島内殺害の三日後、李から連絡が入った。

このまま、永遠に連絡が入らないことを願っていた佐久間は、現実を突きつけられ地獄に叩《たた》き落とされた気分だった。

――一課のほうで、島内の身辺捜査を行っているようだ。交友関係を中心に捜査は進んでいる。

――佐久間さんがへたを打たなければ、私達の名前があがることはありませんから安心してください。

婉曲《えんきょく》な恫喝《どうかつ》――命が惜しければおかしなまねはするな。

李の間接的なプレッシャーに、佐久間は生きた心地がしなかった。

――俺も馬鹿じゃない。あんた達に迷惑をかけることがないのは約束できるが、「天昇会」のほうが心配なんだが……。

佐久間は、歯切れ悪く言葉を濁した。

島内の身辺捜査を進めてゆけば、そのうち、「国際警備」と「天昇会」の繋《つな》がりに行き着く可能性がある。

「天昇会」の須崎には、これまでかなり世話になっていた。

まさか、島内殺害に自分が加担しているとは思わないだろうが、警察が嗅《か》ぎ回り始めればなんとかしてほしいと須崎が泣きついてくるに違いない。

しかし、須崎に協力することを李がどう思うかが気になった。

──我々は、「国際警備」の谷原という男を覚醒剤《かくせいざい》の運び屋として使っていました。ご存知だと思いますが、我々は「天昇会」に覚醒剤を卸していたのですが、チンピラが取り引きの値に文句をつけてきまして、それで、半殺しにしたわけです。そのチンピラを紹介してきたのが、谷原です。覚醒剤の取り引きでは、些細《ささい》なミスが命取りになります。見せしめで、谷原を殺しました。その意味では、警察が「国際警備」から「天昇会」に辿《たど》り着きあれこれ嗅ぎ回り始めたら、我々にとっても面倒な流れになることが予想されます。「天昇会」はチンピラの一件で我々のことを快く思ってないでしょうから、警察に訊《たず》ねられたらペラペラと喋《しゃべ》るでしょう。佐久間さんのやるべきことは、警察の捜査が「天昇会」に及ばないようにすることです。できますか？

李とのやり取りを思い浮かべているうちに、胃が疼《うず》き始めた。

ノーと、言えるわけがなかった。

長々と説明していたが、つまり李が言っていることは、「国際警備」から「天昇会」に捜査の手が及べば組員の誰かが口を割り「朝義侠」の存在がクローズアップされるので、絶対にそれを阻止しろというものだった。

言われなくても、佐久間もそのくらいのことはわかっていた。

わかってはいたが、「天昇会」に捜査の手が伸びるのを阻止するのは、李が言うほど簡単なものではない。

李は、確信犯だ。自分の要求がどれほど大変なことか知っていながら、さらっと口にする。

——へたを打った豚は殺す。それが、私達の流儀です。

島内の屍を冷酷な瞳《ひとみ》で見下ろす李の声に、佐久間は凍《い》てついた。

彼の力を借りるしか、ほかに手はない。

元警察庁幹部で、現在は「国際警備」の相談役の松谷なら、捜査一課の動きを抑え込めるはずだ。

☆　☆

捜査会議が終わると、佐久間は新宿署内のトイレの個室に駆け込んだ。

「お忙しいところすみません。佐久間です。ご相談したいことがあるのですが、いま、お電話大丈夫ですか？」

佐久間は、薄く開けた個室のドアの隙間からトイレに人がいないのを確認しながら、潜めた声を送話口に送り込んだ。

『いま、どういう時期かわかっておるだろう？　島内があんなことになって、後任人事やらマスコミ対応でてんてこ舞いだ。悪いが、もう少し落ち着いてからにしてくれ』

松谷が、疲弊した声で言った。

「ご相談というのは、その島内さんの件なんです」

『島内の件？　なんだ？』

「実は、犯人を知っているんです」

『なに!?　それは、どういうことなんだ!?』

松谷が身を乗り出す様が眼に浮かぶようだった。

「犯人は、『朝義俠』の構成員です」

『そ……それは、本当か!?』

松谷の声が、驚愕《きょうがく》に裏返った。

「ええ……私が現場にいたので、間違いありません」

意を決して、佐久間は切り出した。

『なにが、いったい、どうなっている!?　きちんと、私にわかるように説明しろ！』

「国際警備」と「天昇会」の関係を嗅ぎ回る公安捜査官の梓を排除しろという松谷からの命令を実行するために、「朝義俠」の李に接触したこと、その行為が裏目に出て無理矢理仲間に引き入れられたこと、島内を使って梓を呼び出し殺害しようと計画を立てたこと、実行現場のホテルに行ったら梓はおらず島内が椅子に縛りつけられていたこと、李の配下がいきなり島内を殺したこと……佐久間は、これまでの経緯を伝えた。

『「朝義侠」だと!? どうして、そんな勝手なまねをした！』

携帯電話のボディが松谷の怒声で軋《きし》んだ。

「梓をなんとかしなければと思い……しかし、馬鹿でした」

言葉だけでなく、心底、後悔していた。

『とんでもないことをしてくれたな……。お前、現職の刑事だろうがっ』

「本当に……申し訳ありません。自分の無力さ加減を思い知らされました……」

『謝ってもどうしようもない。それより、今後、どうする気だ!? 捜査一課の刑事が、私のところまで聞き込みにきているんだぞ!? 奴らは、「国際警備」と「天昇会」の関係を疑っててな。私も、叩けばいくらでも埃《ほこり》が出る身だ。本当に、とんでもないことをしてくれたもんだ……』

「こんなときに心苦しいのですが、お願いがあります。警察の手が、『天昇会』に伸びないように、松谷さんのほうから警視庁に圧力をかけてほしいのです。『天昇会』に捜査が入れば、『朝義侠』のことを言うでしょう。そんなことになれば、非常にまずいことに……」

『まずかろうがなんだろうが、島内を殺したのは「朝義侠」の人間なんだから、警察に突き出すべきだろうが？ へたに庇《かば》って、「天昇会」が疑われるようなことになったら、どうする気だ⁉　お前も、若頭の須崎には世話になってるじゃないか』

「だからこそ、『朝義俠』を巻き込んではいけません。そんなことになったら、李はすべてを暴露するでしょう。『国際警備』と『天昇会』の関係の、なにもかもを……。松谷さんも、面倒なことになる可能性があります」

『お前、私を脅す気か⁉』

松谷の怒りの声音が、佐久間の鼓膜を震わせた。

「とんでもない。逆です。松谷さんを、守るためです」

正確に言えば、自分を守るためだ。


――へたを打った豚は殺す。それが、私達の流儀です。


李なら、呼吸をするのと同じくらい自然に、自分を殺すに違いない。

『だったら、お前が李を口止めすればいいじゃないかっ』

「それができるなら、もちろん、そうします。李は、野獣です。シマウマを仕留めたライオンから獲物を奪おうとしたら、どうなるかわかるでしょう？　腹を空《す》かせた虎の前に近づけば、どうなるかわかるでしょう？　スキンシップを取ろうとワニの頭を撫《な》でたら、どうなると思います？　怪我をしたニシキヘビの傷口に薬を塗ってやろうとしたら、どうなると思います？　ライオンが、シマウマを譲ってくれるとでも？　虎がお腹をみせてくれるとでも？　ワニが頭を撫でさせてくれるとでも？　ニシキヘビが感謝してくれるとでも？　李も、同じです。話し合いや説得が通じる相手ではありません。『獲物』を仕留めるのを邪魔する人間は殺す。自分に危害をくわえようとする人間は殺す。彼の頭の中には、殺すべき人間か？　まだ殺さなくてもいい人間か？　のふたつの考えしか存在しません」

佐久間は、僅《わず》かな期間に瞳に焼きついた李の数々の冷血ぶりを思い返しながら訴えた。

『つまり、その李とかいぅ男の言ぅことを聞かなければ、お前が殺されるといぅことか？』

「私だけではありません。松谷さんも、確実に奴の視界に入ります」

受話口の向こう側から、松谷の荒い鼻息が聞こえてきた。

保身の塊の男なので、自分に危害が加わる可能性が一パーセントでもあると知ったなら、他人を売ってでも自己保身に走るのは眼にみえていた。

ヤクザに情報を流し、金を吸い上げる。

元警察庁の幹部だった男も、地に堕《お》ちたものだ。

もっとも、他人のことは言えない。

自分も、松谷と五十歩百歩のいい勝負……松谷が目くそなら、自分は鼻くそだ。

いま、李という「猛獣」に脅かされ犯罪に手を染めさせられているのも、すべては、金に眼が眩《くら》んだ自分の強欲さが招いた報いだ。

佐久間は、煙草に火をつけた。

署内のトイレは禁煙だが、構わなかった。

煙草でも吸っていなければ、平常心を保てそうになかったのだ。

『わかった。とりあえず、私にできるだけのことはやってみようじゃないか。だが、今回ばかりは、捜査一課もそう簡単には引き下がらないぞ。人ひとり、殺されているわけだからな』

「わかってます。それから、話は変わるのですが、署長の海東さんから、おかしなことを言われまして……」

『海東から？　なにを言われたんだ？』

「公安捜査官のやることを妨害するな……そんなふうなことを言われました」

『海東が、お前に？』

「ええ。新宿署の署長が公安部を庇う理由は、なんなのでしょうか？　梓って女が上に泣きついて、警察庁の警備局あたりから、警視庁に圧力でもかかったとか？」

警備局とは、警視庁の公安部をはじめ、各都道府県警察の公安課を管理、指導する立場にある。

銀行でたとえれば、梓の属する警視庁公安部が支店、警察庁警備局は本店という関係になる。

『いや、それはないな。お前も知ってのとおり、刑事部と公安部は犬猿の仲だ。公安部への妨害を勧めることはあっても、止めることはしない』

言われなくても、刑事部と公安部の関係性はわかっている。

だからこそ、海東からの「命令」が解せないのだ。

「そうですよね……。松谷さんの任務は、続行というふうに考えてもいいですか?」

『あたりまえだ。女狐に嗅《か》ぎ回られて、私と「天昇会」の繋《つな》がりが明るみに出たらまずい。さっきお前、その、李とかいう男は、島内を使って女狐を誘《おび》き出し、殺すつもりだったと言っておったな?』

「はい。李も、梓に嗅ぎ回られていますからね」

『ちょうどいいじゃないか!』

なにかを思いついたように、松谷が大声を出した。

「なにがです?」

『李の命令に忠実に従わなければ、命が危ないんだろう?』

「はあ……」

嫌な予感が、孵《ふ》化《か》したカマキリのように増殖した。

『だったら、自分の命を守るために、従うしかないだろう?』

嫌な予感は確信に変わった。

「まさか……梓を消せと?」

『馬鹿っ、人聞きの悪いことを言うのはやめんか。誰が、そんなことを言った? 私はただ、李の命令に従わなければ殺される危険性があるのなら、なんとかしたほうがいいんじゃないかと言っただけだ』

　返す言葉がなかった。

　自らの保身のために、殺人を教唆する。

　仮にも、元警視正だった者とは思えない言葉だ。

「誰かくるかもしれませんから、そろそろ切ります。捜査一課の件、宜《よろ》しくお願いします」

『共犯だよな？』

　電話を切ろうとした佐久間に、松谷が不意に訊《たず》ねた。

「え？」

『島内殺害の実行犯は李達だろうが、お前も一緒に行動していたわけだ。誰が聞いても、立派な共犯だ。もし、そのことが警察に知れたら……最低でも十年は食らい込むだろうな』

　松谷が、婉曲《えんきょく》な言い回しで恫喝《どうかつ》してきた。

「松谷さんっ、私を脅迫してるんですか！」

　佐久間は、声を荒らげた。

『脅迫？　人聞きの悪いことを言うのはやめろと、言ったばかりではないか。ただ、私のところに現れた女狐から、島内に関してなにか思い当たることはないかと訊《き》かれた場合に、口を滑らせる可能性があるかもしれない、ということを言っただけだ』

白々しく、松谷が言った。

この男は、己を守るために元部下であり、現職の刑事である自分に梓の殺害を要求してきている。

たしかに、自分も悪事に手を染めてきた。

だが、松谷との違いは、自らの手を汚してきた、ということだ。

松谷は、常に自分は安全な場所にいて、誰かに火中の栗を拾いに行かせるような生きかたをしてきた。

怒りの炎が、胃壁を焼き焦がした。

「松谷さんがその気なら、私もあなたと『天昇会』の関係を暴露しますよ!?　もちろん、私も同罪ですが、道連れにさせて貰《もら》いますっ」ハッタリではなく、本気だった。

松谷を「売る」ということ即《すなわ》ち、自身も警察官を辞めることを意味するが仕方がなかった。

『同罪？　ヤクザから金品を受け取っていた私の罪と、ウチの社長をコリアンマフィアと組んで殺害したお前の罪が、同じ重さだと思ってるのか？』

松谷の高笑いが、耳から遠ざかった。

彼もまた、本気だった――ブラフではなく、本気で自分に梓を殺させる気でいる。

『よく、考えてみたほうがいい』

一方的に告げると、松谷が電話を切った。

無機質な機械音が漏れ出す携帯電話を耳に押し当てたまま、佐久間は身動きできなかった。

☆　　☆

フロントウインドウ越しに連なる絶望的なテイルランプの列に、佐久間は眩暈《めまい》に襲われた。

新宿の西口と東口を結ぶ大ガードの前で渋滞に捕まったタクシーは、まったく進む気配がなかった。

「青信号なのに、なんで進まないんだ!?」

佐久間は、いらついた口調で運転手に訊ねた。

「事故みたいですね」

初老の運転手が、呑気《のんき》そうに言った。

「脇道に入れないのか!?　時間がないんだよっ、時間が！」

身を乗り出した佐久間は、助手席のヘッドレストを殴りつけた。

――三十分以内に、区役所通りの「ロゼッタ」という店にきてください。

新宿署のトイレで松谷との電話を切った直後に、李が一方的に命じてきた。

――なにがあったんだ？　急にと言われても、すぐには動けない。

――私の指示を拒否できる立場だと思ってるんですか？　刑事さんは、我々とともに人を殺したということをお忘れにならないほうがいいですよ。


李の物静かな恫喝に、佐久間はそれ以上拒絶することができなかった。

このままでは、一生、李の奴隷のようなものだ。

いっそのこと、自首して李を道連れにしようかとも考えた。

もちろん、そうなれば警察を懲戒免職になるだろう。

李の奴隷になるくらいなら、それも仕方がないと思えた。

だが、問題なのは一般人に戻ってからだ。

李は「朝義侠」の幹部だ。

ただの幹部ではなく、日本制圧を託された大幹部だ。

その大幹部を警察に売った男として、自分は全世界に散らばる三万人とも四万人とも言われる構成員達に「的」にかけられるに違いない。

自首すれば当然、自分は牢獄《ろうごく》に囚《とら》われる。

だが、刑務所内だからといって安心はできない。「朝義侠」の構成員の中には、日本人に成りすまして建設現場などに潜り込んでいる者も数多い。

故意に罪を犯し自分と同じ房に入り、命を狙ってくるくらい朝飯前だ。

「お客さん、いらいらしたって車は進みませんよ」

佐久間の神経を逆撫《さかな》でするような運転手の言葉に、怒声を浴びせかけようとしたが思い止《とど》まった。

腕時計の針は、午後一時二十五分を指していた。

李との電話を切ったのは一時。三十分以内……あと五分以内に到着しなければ、どんな仕打ちを受けるかわからない。

運転手と言い争っている暇はない。

「もういい！」

佐久間は、千円札二枚を運転手に放り投げるとタクシーを降りた。

長蛇の列を作る車の横を全力疾走した。

視界が揺れた。ざらついた呼吸が鼓膜に木霊《こだま》した。

大ガードを抜けた。まだ五十メートルも走っていないのに、脇腹を疼痛《とうつう》が襲い肺が破れそうになった。

不摂生のツケが、足を縺《もつ》れさせバランスを崩させた。

「痛《いて》えな!」

「なんだよ!」

「危ないぞっ、お前!」

佐久間にぶつかられ、突き飛ばされた通行人が口々に怒声を発した。

構わず、佐久間はよろけながらも走り続けた。

恐怖が、立ち止まることを許してくれなかった。

区役所通りの入り口の「ミスタードーナツ」が視界に入ったときには、ほとんど歩いているのと変わらないスピードになっていた。

靖国《やすくに》通りを左折し、区役所通りに入った。

――五十メートルくらい進んだら、「アフター」っていうキャバクラがあるので、右の路地に曲がってください。十メートルほど先に、「ロゼッタ」の紫色の看板がみえます。一時二十五分から一時三十分まで、黄兄弟を立たせてますから。

蘇《よみがえ》る李の声が、折れそうになる心を奮い立たせた。

「アフター」の看板が目の前に現れたときは、一時二十八分になっていた。

黄兄弟がいなくなったら……思考が凍《い》てついた。

路地を右に曲がった。

「ロゼッタ」の紫の看板を挟むように、同じ顔のふたりの「悪魔」が立っていた。

「遅くなって……悪い……」

佐久間は、ふたりの悪魔……黄兄弟の足もとに崩れ落ちながら、切れ切れの声で言った。

黄兄弟は無言で背を向け、黒いペンキで雑に塗られた外壁の雑居ビルに入った。

佐久間は気力を振り絞り立ち上がると、エレベータもないビルの薄暗い細い階段を上る黄兄弟のあとに続いた。

階段を上がりきった黄兄弟が、錆《さび》の浮いた鉄製のドアを開けた。

店内をみた佐久間は眼を見開いた。

白い大理石貼りの床、王朝スタイルのソファ、煌《きら》びやかなシャンデリア、フロアの中央の金の噴水……「ロゼッタ」の店内には、老朽化した建物の外観からは想像のつかない豪華絢爛《けんらん》な内装が施されていた。

黄兄弟が、足を踏み出すのを躊躇《ちゅうちょ》している佐久間の腕を両側から摑《つか》み、店内へ引き入れた。

ソファに座っていた十人ほどの男達が、一斉に佐久間をみた。

中央のソファには、李と七、八歳の少女が座っていた。

少女のほうが李より大きく立派なソファに座っているのが気になった。

「どうも、佐久間さん。遅かったじゃないですか。公主《コンジュ》が待ちくたびれていますよ」

李が、隣に座る少女の肩に手を置きながら咎《とが》める口調で言った。

「コンジュ？」

「公主とは日本語で姫……彼女、私の娘のことです。名は、美華《ミファ》と言います」

訊《たず》ね返す佐久間からいままでみせたことのないような優しい瞳《ひとみ》を少女……美華に移した李が、彼女の頭を愛《いと》しそうに撫《な》でた。

「あんたの娘……」

佐久間は、美華をまじまじとみつめた。

すっと切れ上がった眼、高く整った鼻梁《びりょう》、透き通った白肌……子供らしくない大人びた顔立ちをしている美華は、李に似ていると言えば似ていた。

「そう、私の娘です。今日から、あなたの主人です。公主の命令は絶対です」

「俺の主人？　この小娘が？　冗談だろう？」

佐久間は、李の意図することが理解できない気持ちを率直に口にした。

「いまの言葉は、聞こえなかったことにします。公主への侮辱は許しません。二度目は、殺します」

淡々と警告する李だったが、瞳には恐ろしく冷酷な光が宿っていた。

「わ、わかった……いまのは、そういうつもりで言ったんじゃないんだ。と、とにかく、気をつけるから……」

佐久間は、慌てて取り繕った。

「わかってくださったのなら、いいでしょう。早速だが、公主からみなに言いたいことがあるそうだ」

李が佐久間から配下に視線を移すと、それぞれが素早くソファから腰を上げ美華の前に直立不動の姿勢で整列した。

その迅速かつ統率の取れた様は、軍隊のようだった。

美華の正面に立ち並ぶ総勢十二人は、初めて李と会った韓国居酒屋にいた力士級の巨漢の金、身長二メートル超えのロン毛を金に染めた孫、サングラスをかけた顔色の悪い泰、肌が浅黒く痩《や》せた張と黄兄弟の六人、残りの六人は初めてみる顔ばかりだった。

「佐久間さん、なにしてるんですか？」

李の冷徹な視線の意味を察した佐久間は、慌てて立ち上がり金の横に並んだ。

太っているせいか、香辛料を大量に食べる国民性か、金の体臭はかなりきつかった。

美華が、なにやら母国語で語り始めた。

もちろん、佐久間にはなにを言っているのかわからなかった。

それこそ人を虫けらのように殺してきただろうコワモテの男達が、小学生のひと言、ひと言に真剣に耳を傾け頷《うなず》く様子は滑稽《こっけい》以外のなにものでもなかった。

このシチュエーションは、コメディとしても十分に通用する。

つまりそれだけ、違和感のある光景だった。

「おじさんには、日本語で説明してあげます」

不意に、佐久間のほうを向いた美華が日本語で話しかけた。

「日本語……喋《しゃべ》れるのか？」

佐久間は、驚きの表情を李に向けた。

「ええ。先々日本に行くときのことを考えて、三歳の頃から教えていました」

日本進出を見据え、幼い娘に日本語を仕込む男——李の抜かりのなさは瞠目《どうもく》に値する。

「おじさん、話を始めていいですか？」

美華が、大人びた口調で言った。

流暢《りゅうちょう》な中にも皮肉な響きが混じっているところは、父親の物言いにそっくりだった。

佐久間は頷いた。

『朝義侠』の最大目標は、日本のアンダーグラウンドの制圧です。百年に一度の大不況と言われていますが、世界を見渡しても日本はいまでも黄金の国です。韓国の役者やアーティストが次々と日本進出を目指しているのも、祖国で活動するよりも何十倍ものギャラが稼げるからです。知ってましたか？　韓国には、日本でデビューさせるためのアーティストの卵がかなりの数います。ひとりがデビューできるまでに約一千万の育成費がかかります。それが四人のユニットなら四千万になります。そこまで先行投資しても、日本で成功すれば何億、場合によっては何十億になって返ってきます。それは、芸能界だけの話ではなく、アンダーグラウンドの世界にも言えます。売春、ギャンブル、覚醒剤《かくせいざい》……日本で捕まっても、強制送還で済みます。日本の警察は世界一優秀だと言われていますし、たしかに当たっていると思います。ただし、それは日本人の犯罪者にかぎっての話です。私達外国人にたいしては弱腰で、関わりたくないという感じです」

佐久間は、あんぐりと口を開け、美華をみつめた。

話の組み立てかたといい、言葉遣いといい、とても七、八歳の少女とは思えなかった。

しかも、少女は日本人ではない。

成人の日本人でも、これだけ理路整然と喋ることのできる者はそうそういないだろう。

「びっくりしましたか？　公主は、祖国では朝鮮大学に通っていた神童だったんですよ」

親馬鹿丸出しに相好を崩す李に、佐久間はシマウマの子供に乳を飲ませる雌ライオンをみたような違和感を覚えた。

「アボジ、いま、おじさんに任務の説明している最中だから、邪魔しないで」

美華が、父親譲りの冷たい口調で李を諭した。

佐久間は、自分のことではないのに生きた心地がしなかった。

いくら李が娘を寵愛《ちょうあい》しているとはいえ、この言い草はまずい。

固唾《かたず》を呑《の》み、佐久間はことの成り行きを見守った。

「悪かったな。続けてくれ」

耳を疑った。

ダメ出し……それも配下の前で恥をかかされたというのに、素直に詫《わ》びるとは、夢をみているようだった。

「祖国のボスは、日本制圧という大役をアボジに任せてくれました。ボスの期待に応《こた》えるためにも、アボジのためにも、今回の任務は絶対に成功させなければなりません。しかし、私達『朝義侠』には最大の障害が立ちはだかっています。おじさんもよく知っている公安です。アボジから聞きました。梓という女がアボジを追っているそうですね。おじさんは、梓という女をどう思いますか？」

突然に話を振られた佐久間は、返事に窮した。

「どうしました？　私の日本語、通じませんでしたか？」

「いや、君の日本語はすごくうまい……」

「君じゃありませんっ。公主と呼びなさい！」

美華のヒステリックな声が、佐久間の心臓を貫いた。

十二人の剣呑《けんのん》な視線が、佐久間に一斉に突き刺さった。

身の危険を感じ、佐久間は美華に謝った。

「わかった……悪かったよ」

「わかれば許します。だけど、二度目はありませんよ」

幼女とは思えないぞっとするような冷酷な眼つきといい、恫喝《どうかつ》のしかたといい、美華は李の生き写しのようだった。

「本当に、悪かった」

ヤクザからも恐れられてきた自分が、いくら李の娘とはいえ、七、八歳の少女に平謝りするなど情けないにもほどがある。

「では、話を戻しますが、梓という女をどう思いますか？」

「目障りな女だ」

瞬間、目障り、という言い回しが理解できるかどうか頭を過《よ》ぎったが、それまでにもっと難しい日本語を流暢に使っていたのを思い出し杞憂《きゆう》だと悟った。

「ならば、どうすればいいですか？」

間髪を容《い》れずに、美華が訊《たず》ねてきた。

「なんとかしなきゃな」

「具体的には、どうすればいいですか？」

「俺や李さんの周りを嗅《か》ぎ回らないようにしなければならない」

「だから、具体的にはどうすればいいですか？」

矢継ぎ早に同じ質問を重ねる美華が、自分になにを言わせようとしているのかの見当がつき、鼓動が高鳴った。

「俺達の前から、消えてもらう」

佐久間は、曖昧《あいまい》に言葉を濁した。

「消えてもらうとは、どういう意味ですか？」

美華の執拗《しつよう》な質問攻めに、佐久間は精神的に追い詰められた。

「いや……まあ、それは……その……」

美華が期待している言葉はわかってはいたものの、刑事としてそれは口にできなかった。

「こいつか？」

「アボジ、無能な配下はいらないから殺して」

美華が言い終わった直後——ソファから腰を上げた李が、いきなりスキンヘッドの配下の心臓にナイフを突き立てた。

「な……」

声を発することもできずに膝《ひざ》から崩れ落ちるスキンヘッドを目の当たりにした佐久間の表情が凍《い》てついた。

「アボジ、彼じゃない。無能は、このおじさんよ」

美華が、白く細い人差し指を佐久間に向けた。

「ちょっ……待ってくれ……頼む……」

佐久間は冷え冷えとした眼を向ける李に、乾燥した声で懇願した。

「死にたくないですか？」

静かな口調で問いかける李に、佐久間は何度も頷いた。

「なら、私から公主にお願いしてみましょう。公主。彼を助ける方法は？」

「十日以内に、梓という女を殺したら無能じゃないわ」

美華が、無表情に言った。

「公主がそう言ってますが……佐久間さん。公主に、無能じゃないと証明できますか？」

頷けば自分がなにをしなければならないかに思考を巡らせる余裕もなく、佐久間は首を縦に振っていた。

「どうする？」

李が、美華に伺いを立てた。

どこまでが演技でどこまでが本気なのか……考えても、無意味だった。

演技であろうとなかろうと、十日以内に梓を殺さなければ消されるのは自分だ。

「十日間だけ、待ってあげましょう」

美華は李に言うと、役目は終わったとばかりに着せ替え人形を手にした。

さらりと人殺しを命じておきながら人形遊びとは……とても、正常な思考回路の持ち主とは思えなかった。

「よかったですね、佐久間さん。誰を、パートナーに選びますか？」

李が、アスファルトに映る影のように並ぶ配下達を見渡しながら訊ねてきた。

「と、とりあえず……今日は帰らせてくれ。頭を整理してから……連絡する」

気息奄々《きそくえんえん》の体で言うと、ふらつく足取りで佐久間は出口に向かった。

「おじさん」

背後から呼びかける美華の声に足を止め、振り返った。

「梓という女を十日で、こうしてくださいね」

美華が、微笑を浮かべつつもぎ取った着せ替え人形の首を放り投げた。

足もとに転がる人形の首に、佐久間は絶望の視線を落とした。

17

上下で千円のピンクのスエット、無造作にアップにした髪、頬骨まで隠れるレンズの大きなサングラス、化粧気のない顔……手塚に指定された靖国通り沿いのコンビニエンスストアの前で梓は気だるげに煙草を吸っていた。

煙草は、ここにくる前に新宿のディスカウントショップで購入した安物のスエットと同じで、歌舞伎町という街に溶け込むための「アイテム」なので吹かしているだけだ。

――アジトを突き止めた。

カフェで省吾と会っているときに手塚から呼び出しの電話を受けた梓は、新宿のデパートのトイレで「変装」を済ませ、百人町に向かった。

——区役所通りの入り口のコンビニエンスストアにきてくれ。

百人町に着き手塚に電話を入れると、すぐに待ち合わせ場所を変更された。

驚きはなかった。

尾行の有無確認、梓の裏切り……もし手塚と逆の立場でも、自分も同じ手を使ってどこかで監視するに違いない。

——誰か別に好きな人ができたなら、はっきり言ってほしかった……。

不意に、つい一時間ほど前まで会っていた省吾の言葉が脳裏に蘇《よみがえ》った。

悲痛に顔を歪《ゆが》めてカフェから出て行った省吾を呼び止め誤解を解こうとしたが、梓は思い止まった。

——ごめんね。現場でお客さんとトラブルがあったみたいで、いまから行かなきゃならなくなっちゃった。

梓の白々しい嘘の陰に男がいると、省吾は勘違いしていた。
勘違いは勘違いのまま……それでよかった。
どの道、省吾と会ったのは婚約指輪を返すつもりだったからだ。

——率直に言うけど、しばらく、一緒に住んでみないか？　半年、いや、三ヶ月でもいい。生活をともにして、結婚生活のシミュレーションをしてみたいんだ。それで、お互いに受け入れられない部分があれば遠慮なしに指摘し合って、改善できるように努力してみる。それでもどうしても無理なら……ふたりの関係を見直すことになるのも仕方ないと思ってる。

無理な話だ。省吾が付き合っている片桐梓は幻。幻と同棲《どうせい》しても、なにも生まれはしない。生まれるもなにも、省吾が愛する女性は存在しない——このまま交際を続けても、ゴールに辿《たど》り着くことは永遠にない。
そう自分に言い聞かせてみたものの、しっくりこないなにかが喉《のど》に詰まった異物のようにわだかまりとして残った。

区役所通りには、地味なスーツ姿の中年男性と派手な服装の若い女性のカップルの姿が目立った。

時間帯的に、キャバクラ嬢と同伴客に違いなかった。

梓は、視線を巡《ま》らせどこかに潜んでいるだろう手塚を捜した。

チラシを撒く居酒屋の店員、ホスト、女性を物色する黒いベストに蝶《ちょう》ネクタイ姿のボーイ。

ボーイは、恐らくキャバクラ嬢のスカウト。

ボーイが、シャツのボタンがはちきれそうな腹を揺すりながら梓に近づいてきた。

長髪なので遠目からは若そうにみえたが、かなり白髪が交じっており、四十代はいってそうだった。

こんなにだらしない格好をしている自分を、スカウトするつもりなのか？

この歳でキャバクラのボーイをやっているくらいだから、あまり仕事ができるほうではないのだろう。

「お待たせしました。行きましょうか」

「え？　失礼ですけど、どちらさん……」

梓は言葉を呑《の》み込み、ボーイの眼鏡の奥の瞳《ひとみ》をまじまじとみつめた。

「騙《だま》された？」

ボーイ……手塚が、嬉《うれ》しそうに笑った。

「見事な変装ね」

驚きを隠さずに、梓は素直に言った。

「君も、休日の風俗嬢って感じがなかなか出てていいよ」

手塚が、片目を瞑《つぶ》った。

「百人町だったら、街にもっと溶け込めたんだけど、誰かさんに場所を変えられたから」

梓は、皮肉を込めて言った。

「悪い悪い。じゃあ、行こうか？」

映画館に行くとでもいうような気軽な口調で言うと手塚は、靖国通りに足を向けた。

通り沿いに蹲《うずくま》る白いバンの運転席に手塚は乗り込んだ。

梓も、助手席に座った。

「アジトは遠いの？」

「いいや。区役所通りに入って数十メートルのところだ。一方通行だから、裏から回る」

言いながら、手塚がアクセルを踏んだ。

一分も走らないうちに、バンは停車した。

「あの看板のビルが『女王蜂』が潜むアジトだ」

手塚が指差す先……約二十メートル先に老朽化した雑居ビルが建ち、「ロゼッタ」と書かれた紫の看板が出ていた。

『女王蜂』──李が溺愛《できあい》する七歳の娘。

李は、娘を折檻《せっかん》した妻の頭蓋骨《ずがいこつ》を金槌《かなづち》で叩《たた》き割り殺し、豚の餌にしたという。

手塚の話によれば、「朝義俠」日本支部の実権は、その娘が握っているらしい。

「で、どうするの？　娘をさらうと言ってたけど、七歳の少女がひとりじゃ出歩かないでしょう？　出歩くときは、大勢の配下が護衛しているんじゃないの？」

「娘が出てくるのを待つつもりはない。女王蜂を捕まえるとき、どうすると思う？」

手塚が、悪戯《いたずら》っぽい表情で訊《たず》ねてきた。

「巣を壊すしかないんじゃないの？」

「そんなことをしたら、働き蜂に刺されるだろう？　煙で、燻《いぶ》り出すのさ」

「燻り出す？　発煙筒を使うってこと？」

「近いが、外れだ」

手塚がダッシュボードを開け、三百五十ミリリットルサイズの缶コーラのような筒型の物体を取り出し梓の眼前に翳《かざ》した。

「催涙弾？」

「ピンポーン！」

手塚が、おどけた調子で言った。

「これを、あの店に投げ込むのは不可能じゃない？」

「ロゼッタ」の入る老朽化したビルの外壁に窓はあったが、外側に鉄格子が嵌《は》め込まれているので催涙弾の缶が投げ込めなかった。

「窓からはな」

「じゃあ、どこから投げ込む気なのよ？」

「玄関だ」

「玄関⁉　正面から乗り込む気⁉」

梓は、素頓狂《すっとんきょう》な声を上げた。

「ああ、そうだよ。ただし、乗り込むのは俺らじゃない」

「どういうこと？」

「五人の協力者が、あと三十分くらいで集まる予定だ」

「協力者って、誰よ？」

「ホームレス達だ」

「そんな危険なことをさせて、命の保証はできるわけ？」

「さあな」

「さあなって……あなた、自分がなにを言ってるかわかってる⁉　朝鮮マフィアのアジトに、ホームレスの人達に乗り込ませて催涙弾を投げ込ませるなんて、正気の沙汰《さた》じゃないわ！」

「過激派、宗教団体、マフィア……俺達が反社会的組織の内部情報を得たいとき、どうする？」

手塚が、挑むような眼差《まなざ》しを向けてきた。

「内通者を仕立て上げる、でしょう？」

「つまり、スパイ……その組織からみれば裏切り者だ。危険な組織を裏切らせておきながら、俺達は彼らのことを『協力者』という名で都合よく正当化する。彼らの裏切りが組織にバレたら、どうなるかわかるだろう？　ホームレスに催涙弾を投げ込ませるのも危険かもしれないが、特別なことじゃない」

「そんなの、詭弁《きべん》だわっ。それとこれとは、話が……」

「なにも違わないさ」

手塚は遮ると、いままでみせたことのないような暗い瞳を梓に向けた。

「無色透明の硝子《ガラス》の鳥は、碧空《へきくう》を飛べば眼の覚めるようなスカイブルーに染まり、森林を抜ければ新緑に染まる。深い闇を舞えば漆黒に同化する。硝子の鳥の本当の色を、誰も知らない。儚《はかな》く脆《もろ》い硝子の鳥は、少しの衝撃で粉々に割れてしまう。大地に散らばった硝子片の煌《きら》めきを眼にしても、それが硝子の鳥だったことに誰も気づかない」

「なにが、言いたいわけ？」

梓は、険しい表情で手塚をみた。

言葉とは裏腹に、梓には手塚のいいたい意味がわかり過ぎるくらいにわかった。

だからこそ、ついつい過敏に反応してしまう自分がいた。

「俺達は、この世に存在しない人間だ。任務で死んでも、刑事課の刑事達のように名誉の殉職と称《たた》えられるどころか、そんな事実はなかったことにされてしまう。そういう世界で生きてるんだよ、俺達は」

「だからって、私は、人の命を利用することはしない……あなたとは違うわ」

手塚に、というよりも、梓は自分に言い聞かせていた。

「君は、どうして公安捜査官になったんだ？」

唐突に、手塚が話題を変えた。

「警察大学を首席で卒業したからよ。あなたも、そうでしょう？」

公安捜査官になるための第一ステップは、トップクラスの成績で卒業することだ。

つまり、成績優秀でなければスタートラインに立つこともできない。

「ああ、たしかに俺も首席で卒業したよ。だが、断ることもできたはずだ」

「公安捜査官はエリート中のエリートよ。出世コースを、自分から捨てるわけないじゃない」

出世したい……嘘ではない。

ただ、それは、名誉とか優越感がほしいからではなかった。

負け犬には、なりたくなかった。

あの人のような、負け犬に……。


——パパは悪いことしたの？　だから、死んじゃったの？

霊安室のベッドに横たわる父の亡骸《なきがら》を前に、当時六歳の梓は隣で呆然《ぼうぜん》と立ち尽くす母に訊ねた。

――ううん……悪いことをしなかったから、死んじゃったの……。

――どうして、悪いことをしなかったから死んじゃうの？　パパは、悪い人をやっつける人じゃやなかったの？

いま思えば、無邪気な問いかけとはいえ、残酷な質問だった。

父は、池袋署の巡査長だった。

繁華街で挙動不審の中国人の青年に職務質問した際に、突然、ナイフで切りつけられ、反射的に抜いた拳銃《けんじゅう》を発砲した。

銃弾は心臓を貫き、中国人青年は即死した。

過剰防衛か？　池袋署の警察官、中国人青年を射殺。

この事件はマスコミに大きく取り上げられた。

警察官が拳銃を発砲するという行為は、署内では一般人が思っている以上に厳しい見かたをされる。

相手が拳銃を構えた状態での発砲が、なんとか許される状況だ。

だが、その場合でも、急所ではなく、肩や足などを狙わなければならないとの指導を受けている。

いくらナイフで切りつけられたとはいえ、交通事故で自転車が原因でも車が悪くなるのと理屈は同じで、拳銃を発砲したほうが責任は重くなる。

悪いことは重なるもので、父が射殺した中国人の青年は、祖国の公安警察の幹部の親《しん》戚《せき》だった。

二流週刊誌が射殺された中国人青年がマフィアの構成員であり、微量の覚醒剤《かくせいざい》を所持していたと報道したものの、テレビや大手新聞社は一切黙殺し、「過剰防衛」だけをクローズアップし、父は懲戒免職処分になった。

中国政府の圧力が、テレビ局や新聞社に真実を見て見ぬふりをさせたのは言うまでもない。

日本の対応ひとつで日中の国際問題に発展する可能性のある重大事件の中で、父の「小さな正義」は闇に葬られたのだ。

事件の三ヶ月後、警察、マスコミ、世間から一切の罪を被《かぶ》せられた父は、自宅の寝室で首を吊《つ》った。

梓は警察官……それも公安捜査官を目指した。

不法外国人にたいしての許せない思いがなかったかと言えば嘘になる。

しかし、それよりも、父の無念を晴らしたいという思いのほうが強かった。

「負け犬」として死んだ力のない警察官の無念を晴らすには、父以上の権力を持たなければならない。

警察組織を調べるうちに、公安部……それもアジアの不法外国人を専門に扱う外事二課に梓が引き寄せられたのは必然の流れだった。


「人には言えないトラウマってやつか？」

窺《うかが》うように、手塚が梓の瞳《ひとみ》を覗《のぞ》き込んできた。

「え？」

「わかったわ」

質問の答えになっていない梓の言葉に、手塚が首を傾げた。

「もう、偽善は言わないわ。その代わり……」

梓は言葉を切り、眼を閉じた。

どんな手段を使っても「巨悪」を潰《つぶ》す。

梓は、心で自分に命じた。

18

欲望と快楽を貪《むさぼ》ってきた歌舞伎町の街並みが、戦前の古い写真のように色褪《いろあ》せてみえた。いつもなら弾《はじ》かれたように振り返る派手な顔立ちをした水商売ふうの女が通り過ぎても、佐久間の視線はくたびれた革靴の爪先《つまさき》に向けられていた。

肩に衝撃を受け、よろめき、尻餅《しりもち》をついた。

「おっさん、気をつけろ！」

金に染めたウルフヘアの、二十歳そこそこのホストふうの男が怒声を浴びせてきた。

佐久間はアスファルトに転がる携帯電話を拾い、無言で立ち上がるとふらつく足取りで歩み出した。

いつもなら、くそ生意気なホストを路地裏に連れ込み制裁し、あれこれと理由をつけて金をたかるところだが、いまは、そんな元気もなかった。

——梓という女を十日で、こうしてくださいね。

微笑を浮かべながら、着せ替え人形の首を捻《ひね》り千切る少女……美華の声が、凍えた脳裏に蘇《よみがえ》る。

公主――コンジュと呼ばれる李の娘。

流暢《りゅうちょう》な日本語、理路整然とした語り口……とても、七、八歳の少女とは思えなかった。

だが、やはり血は争えない。

美華は、李に負けないほどの狂気を持つ冷血な少女だった。

たしかに、梓はいけ好かない女だ。

公安捜査官というのも気に入らない。

しかし、だからといって、殺したいか？　と言えば、それは違う。

たとえ殺したいほど憎い相手だったとしても、自分は刑事だ。

金に汚く女にだらしなくても、人殺しを進んでするほどの悪党ではない。


――死にたくないですか？


李の爬虫類《はちゅうるい》のような体温のない瞳と無感情な声を思い出し、佐久間は身震いした。

与えられた期限は十日間。その間に梓を消さなければ、消えるのは自分だ。

梓を殺せるのか？

悩んでいる間にも、どんどん時間が流れてゆく。

――アボジ、無能な配下はいらないから殺して。

美華が命じると、ソファに座っていた李が突然立ち上がり、スキンヘッドの配下の心臓にナイフを突き立てた。

「無能な配下」が佐久間のことを指していると知っていながら、みせしめのためだけに命を奪う李を、心底恐れていた。

殺すしかない。

倫理観や道徳観がどうのときれい事を言っている場合ではない。

背後から、肩を摑《つか》まれた。

さっきのホストふうの男か？

振り返った佐久間の前に立っていたのはホストふうの男でなく、地味なスーツに身を固めた佐久間とそう歳の変わらない中年男性だった。

「組織犯罪対策課の佐久間警部ですよね？」

男が、醸し出す雰囲気同様の陰気な声音で訊《たず》ねてきた。

「あんたは？」

佐久間は、警戒して少し後退《あとずさ》りをし、訊ね返した。

「警備課の田中《たなか》と言います」

「警備課？　いったい、俺になんの用だ？」

警備課とは、つまり公安だ。

企業で言えば、梓が所属する警視庁の公安部が本社で警備課は支社にあたる。

梓がそうであるように、「田中」も本当の名ではないに違いない。

「一緒に、きて頂けますか？」

田中が、路肩に停まっているシルバーのクラウンに視線を向けた。

「だから、俺になんの用だと訊《き》いてるんだ」

佐久間の警戒心が増した。

もしかしたら、自分と李が梓殺害を計画していることを知られたのかもしれない。

「話は、車内でします」

田中は、抑揚のない口調で言った。

「断る」

佐久間の危惧《きぐ》が当たっているとすれば、車に乗り込むのは非常に危険だ。

クラウンの後部座席のスモークガラスが、音もなく下がった。

「えっ……」

半開きの窓から顔を出した男をみて、佐久間は思わず声を上げた。

「早く乗れ」

男が、佐久間を手招きした。

なにがどうなっているのかわからないまま歩を踏み出した佐久間は、クラウンの後部座席に乗り込んだ。

「どうも。署長、どうしてここに？」

佐久間を手招きした男は、新宿署長の海東だった。

田中が出口を塞《ふさ》ぐように後部座席に座ったので、佐久間は海東との間に挟まれる格好になった。

運転席には、もうひとり、知らない顔の二十代後半と思《おぼ》しき男が乗っていた。

「それは、こっちのセリフだ。お前こそ、こんなところでなにをしている？」

迷惑者をみるような眼つきで、海東が訊ねてきた。

佐久間は、この年下の上司が好きではなかった。

警視庁で将来を約束されたキャリア警察官。本庁での出世のステップ――腰掛け期間の二年のうちに問題を起こしたくない海東にとって、佐久間は頭痛の種に違いない。

ノンキャリアの佐久間は、端《はな》から出世など夢見ていなかった。

キャリアは新宿署のような大きな所轄署の署長に三十三歳でなれるのにたいし、ノンキャリアはどれだけ手柄を上げても五十代の前半になってしまう。

だから、佐久間は名より実を取る道を選択した――捜査情報と引き換えにヤクザから金を受け取り女をあてがわれた。

そんな佐久間にも、警察官という職業に誇りを持っている時期があった。

——お前、なにをやってる！

佐久間が新宿の交番に勤務していた二十三歳……巡査部長に昇格したばかりの頃、深夜に靖国通りを巡回中に、嫌がる若い女性にビルのシャッターの前で抱きつく中年男性を発見した。

——なんだ、おまわりか。雑魚《ざこ》は引っ込んでろ！

自転車から降りた佐久間が女性の腕を引いたとき、中年男性が罵声《ばせい》を浴びせてきた。中年男性は泥酔しており、呂律《ろれつ》が回っていなかった。歳の頃は四十代と思しく、三つ揃いのスーツを纏《まと》っていた。

——女性が、嫌がってるじゃないか！　さあ、早く行って。

佐久間は怒鳴りつつ、中年男性から強引に引き離した女性に逃げるように促した。

——若造がっ、貴様っ、なんのつもりだ！

中年男性が、酒と怒りに顔を赤らめ佐久間の胸倉を摑んできた。

——手を離さなければ、公務執行妨害で逮捕するぞ！

——公務執行妨害だと⁉　おいっ、若造っ、俺を誰だと思ってるんだ！

中年男性の右手が、佐久間の左頰を打った。

気づいたときには、佐久間は中年男性の手首に手錠をかけていた。

——貴様っ、いますぐ、この手錠を外さないと後悔するぞ！

——とりあえず、署にきてもらう。

佐久間は、中年男性を引き摺《ず》るように交番に連行した。

——佐久間……お前、なにをやっている！

交番に連れてこられた中年男性の差し出す名刺をみて、所長で警部の鳥坂《とりさか》が怒髪天を衝く勢いで怒鳴りつけてきた。

——なにをって……この男性が嫌がる女性に抱きついていたので注意したところ、いきなり平手で殴ってきたので連行したんです。

——馬鹿野郎！　この方は、本庁の部長だぞ！

——え……でも、女性を襲っていたのは事実なので、それは関係ないと思います。


当時の佐久間は、利害関係抜きに国民ひとりひとりの生活を守ることこそが警察官の役目だと信じて疑わなかった。

——俺が女性に抱きついていたって証拠はあるのか？

それまで黙っていた中年男性が、挑戦的な口調で言った。


——証拠って、抱きついてたじゃないですか！

——お前が言ってることだろう！　そんなもの、どうにでも話が作れるじゃないか。

——僕が、嘘を吐《つ》いてるって言うんですか!?

——本当だって証明したいなら、その女をここに連れてこいよ。

ふてぶてしく言い放つ中年男性に、佐久間はすぐに言葉を返せなかった。

被害者の女性は中年男性から逃がしてしまったので、名前も、もちろん連絡先さえもわからなかった。


——警察官である僕が、犯行現場を目撃したんです。それで十分でしょう！

——おいおい、警部。お前のとこの部下は、どういう教育受けてるんだ？　自分が目撃したからそれが証拠だなんて、冤罪の原因だろう？


中年男性が、鳥坂を恫喝《どうかつ》するように言った。


——はい、申し訳ありません。佐久間。部長に謝るんだ。

——どうして、僕が謝らなければならないんですか！

——いいから、謝るんだ！

——できません！


完全縦社会の警察組織で上司の命令は絶対だ。

だが、犯罪者にたいして頭を下げることだけは受け入れられなかった。

——警部、部下教育はあとでやってくれ。俺は、もう帰る。

中年男性が、当然のように言った。

——本当に、申し訳ありませんでした！　いま、お車でお送りしますので。

——いや、タクシーを捕まえて帰るからいい。

言って、中年男性が鳥坂に掌《てのひら》を差し出した。

鳥坂が慌てて財布から抜いた一万円札を、中年男性の掌に載せた。

中年男性は礼も言わずに一万円札をポケットにしまうと、大股《おおまた》で交番を出て行った。

——警部っ、どうして帰すんですか⁉　それに、お金まで渡すなんて……。

——馬鹿野郎！　言っただろう⁉　あの人は、本庁の部長なんだよっ。強盗や殺人なら別だが、酔って女にちょっかいを出した程度で、書類送検なんかしてみろ⁉　俺らは、僻地《へきち》の派出所に飛ばされて一生、ヒラのままだ。

——これが一般のサラリーマンなら、こんなに簡単に帰しはしないし、その上、お金まで渡したりしませんよね？

——そんなの、あたりまえだろうがっ。いいか？　上がカラスが白いと言ったら、百パーセント黒いとわかっていても、白だと言う……それが、警察組織で出世する方法だ。

よく、覚えてろ！


あの瞬間、佐久間の警察官という職業に抱いていた幻想は消えた。


「私はちょっと、聞き込みに回ってまして……」

佐久間は、警察官の誇りを打ち砕いたあのときの所長と同じ種類のキャリア……海東に嘘の説明をした。

「『朝義侠』のアジトに聞き込みか？」

唇だけで笑った海東が、心を見透かしたような眼で佐久間の瞳《ひとみ》を覗《のぞ》き込んできた。

「私を、尾《つ》けてたんですか？」

佐久間は、田中と運転席の男に視線を向けながら非難を込めて言った。

「奴らと、どういう関係だ？」

佐久間の言葉など耳に入らないとでも言うように、海東は機械的に訊《たず》ねてきた。

キャリアの人間に共通する「冷たさ」は、李に感じるそれとは違う。

キャリアの人間は人情がない、李は感情がない、という表現が近い。

どちらも、近づきたくない種類の人間には変わりない。

「情報源ですよ。私らの仕事は、アンダーグラウンドの人間とも交流を図らないとなりませんから。署長さんには、理解できない世界でしょうし、理解する必要もないでしょうけど」

　皮肉を織り交ぜ、佐久間は言った。

「皮肉はよせ。それに、お前達の課が受け持つのは日本のヤクザであって、北朝鮮は範囲外だ」

「闇社会に、範囲も範囲外もありゃしませんよ。これだけ外国人マフィアが日本に入ってきているいま、そんなこと言ってたら奴らに足もとみられますよ？　現に、奴ら不良外国人は警察をナメきってますし、ヤクザもそれを利用して悪さをやらせてますし。署長さん、『事件は会議室で起きてるんじゃない。現場で起きてるんだ』ってやつですよ」

「程度の低い冗談は好きじゃない。お前が心配しなくても、そのへんは本庁の公安部がきちんと考えている。公安部の捜査の邪魔をするなと、警告しておいたはずだ。忘れたのか？」

　海東、運転席の刑事、隣の田中の冷え冷えとした視線が三方から皮膚に突き刺さった。

「邪魔なんて、してませんよ。私はただ、『天昇会』を壊滅するために……」

「『天昇会』にも触れなくていい。お前達の課がいまやるべきことは、野球賭博《とばく》の胴元を務める『一斉会』の壊滅だ。今後、一切の単独行動を慎んでもらう。命令に従えなければ、今度こそ懲戒解雇だ」

　もう話は終わりだとばかりに、海東が目線で合図をすると田中が後部座席のドアを開けた。

「警察庁の警備局長の機嫌を損ねたくないってわけですか？　出世レースも、大変ですね」

「いまのは、聞こえなかったことにしてやる。悪いが、下種《げす》な人間と無駄話をしている時間はない」

痛烈な皮肉にも顔色ひとつ変えずに言うと、海東は佐久間に下車を促すように田中が開けて待っているドアを顎《あご》でしゃくった。


下種な人間は、あんたらだろうが。


佐久間は、心で吐き捨て車を降りた。

走り去るクラウンのテイルランプが遠ざかるのを見届けつつ、佐久間は大きな息を吐いた。

「もう、俺だってかかわりたくねえよ！」

佐久間はやり場のない怒りを、中華料理店の店先に出されたゴミ袋を蹴《け》りつける爪先《つまさき》に込めた。

前門の虎が李なら、後門の狼は海東ということか……行くも地獄、行かぬも地獄。

「どうすりゃいいんだ……いったい、俺はよ……」

瞳に映る歌舞伎町の街が、佐久間には己の墓場にみえた。

19

ずっと続いていた車内の沈黙を破った手塚が、真剣な眼差《まなざ》しで「ロゼッタ」の看板をみつめた。

「もう、そろそろ現れる時間だな」

――正面玄関から催涙弾を投げ込んで李達を攪乱《かくらん》する作戦はわかったけど、そのあと、どうするの？　ホームレスの人達じゃ、マフィアに立ち向かえないでしょう？

李の寵愛《ちょうあい》するひとり娘を拉致《らち》する計画を手塚から聞かされた梓は、疑問を口にした。

――俺達と同じ任務の公安捜査官が四人、アジトの裏口で待機している。眼をやられた李達は、パニック状態で裏口から脱出を図る。いくら奴らの腕が立つと言っても、拳《けん》銃《じゅう》を構えて待ち構える四人の公安捜査官を前に、効果的な反撃を試みることはできない。

さあ、到着だ。あそこのスナックが、李のアジトだ。

車を停めた手塚が指差すフロントウインドウ越しに、「ロゼッタ」という店名が書かれた紫色の看板がみえた。


——どこまで、摑《つか》んでるの？


梓は、看板から手塚に視線を移して訊ねた。

手塚と最初に会ったときからの、疑問だった。

自分と同じ公安部の捜査官——それは信じた。

だが、なにかが違う。

それは、所属している部署がどこかという問題ではなく、与えられた任務にたいする立ち位置だ。

明らかに手塚は、自分よりも得ている情報量が多い。

もうひとつは、ほかの公安捜査官との連携が可能ということ。

梓は、今回の任務でほかにどういう捜査官が何人動いているかさえまったく報《しら》されていない。

自分が、信頼されていないわけではない。

公安部の任務においてはよほどのことがないかぎり集団行動はありえない。

つまり、手塚の動きが異例なのだ。

梓同様に「朝義侠」壊滅の任務を課せられてはいるが、その中で、決定的に違う「なにかの任務」を与えられているような気がしてならないのだ。


——君と同じさ。

——はぐらかさないで！　呉越同舟でしょう？　隠し事はフェアじゃないわ。

東の間、ぽかん、とした顔で梓をみていた手塚が、不意に、クスリと笑った。


——なにがおかしいのよ!?

馬鹿にされたような気分になり、梓は尖《とが》った声で抗議した。


——いや。ごめん、ごめん。俺達の仕事は隠し事で成り立っているっていうのに、君ときたら隠し事はフェアじゃないなんて言うからさ。

——私が言いたいのは、そういうことじゃなくて……。

——わかってるさ。

梓の唇に指を立て、手塚が一転して真剣な表情で言った。

――君の質問にたいして、俺は答えることはできない。それは、君にも理解してほしい。ただ、これだけは約束する。過程で歩む道が君と違ったとしても、「目的地」は「朝義俠」の壊滅だ。

すべてを、というわけにはいかないが、手塚の瞳《ひとみ》の中の「正義」だけは信じられるような気がした。


「きたぞ」

手塚の張り詰めた声――梓は、「ロゼッタ」に向かって歩いてくる五人の集団をみた。

五人とも、揃って作業着に身を包み手にはハンマーを持っていた。

手塚がエンジンをかけ、スライドドアを開けた。

「裏口で待機する公安捜査官の四人は……」

訊《き》きかけて振り返った梓の視線の先――裏口のドアから二メートルほど離れた植え込みの陰に、さっきまでいなかった四人のスーツ姿の男達が拳銃を構え潜んでいた。

「ショーの始まりだ」

手塚の声が聞こえたとでもいうように、五人のホームレス達が正面玄関のドアにハンマーを打ちつけ始めた。物凄《ものすご》い衝撃音の大合唱が、鼓膜を突き刺した。不意に、衝撃音が止んだ——ホームレス達が、次々と建物に吸い込まれた。

「李は、いまの衝撃音で娘を連れて裏口に向かってるはずだ。催涙弾を浴びる前に出てくるだろう」

手塚が予言して十数秒後、裏口のドアが勢いよく開きふたつの人影が現れた。

人影が止まった。

四人が構える拳銃が、一斉に李に向けられた。

「手を上げろ！」

「ホールドアップ！」

捜査官の怒声が飛んだ。

李が、無表情に両手を上げた。

その隙を逃さず、ひとりの公安捜査官が飛び出し娘を抱え上げ、ダッシュした。

「動くな！」

血相を変えあとを追おうとした李に、残る三人の公安捜査官が立ち上がり銃口を向けつつ詰め寄った。

李の娘をさらった公安捜査官が、後部座席に乗り込んできた——スライドドアが開いたまま、車が急発進した。

流れる景色に、建物から飛び出してきた数人の男が映った。

激しい撃発音が鳴り響いた。

視界の端を、何人かの男が崩れ落ちる姿が掠《かす》めた。

「よくやった」

手塚が言うと、公安捜査官が息を切らしながら頷《うなず》いた。

「彼は西原《にしはら》君、彼女は片桐さんだ」

梓と西原は、互いに眼で挨拶《あいさつ》を交わした。

「あなた達、公安の犬ね。こんなことして、後悔するわよ。いますぐ、私を解放しなさい」

少女の物言いに、梓は驚いた。

まず第一に、誘拐されたというのに怯《おび》えた様子が少しもないこと。

次に、日本語の発音の正確さと語彙《ごい》の豊富さ。

少女のどの言動を取っても、小学一、二年生とは思えない。

「お嬢ちゃん、お兄ちゃん達は怖い人じゃないから、安心していいよ。お父さんに、用事があるだけだから。いい子にしててくれたら、すぐに帰れるからね」

手塚は、あくまでも少女に歳相応の態度で接した。

「公主と呼びなさい！　私を人質にして、パパから組織の機密を聞き出そうとしてるんでしょうけど、それは無理よ。パパは、そんなことで口を割るような根性なしじゃないわ」

　少女が手塚を一喝し、さらに驚きの内容の言葉を口にした。

「そんなことで」は、自分が人質に取られていることを指しているに違いない。

　普通なら、少女の歳ならば泣き喚《わめ》いたりするものだ。

　これだけの毅《き》然《ぜん》とした態度は、大人でも取れるものではない。

「悪いけど、俺達は君の部下じゃないから、公主とは呼べない。ただ、お嬢ちゃんと呼ばれるのがいやならやめよう。君の名前は？」

「美華」

「ミファか。素晴らしい名前だね」

「あたりまえよ。パパが美しく華のある女性になるようにって、つけてくれたんだから」

　少女……美華が、得意げに言った。

　手塚の扱いのうまさにも、舌を巻いた。

　手塚は、美華を子供扱いしているようで大人を相手にしているように接することで、彼女のプライドを満たしていた。

「そうか。いいお父さんだね」

「ええ、最高のパパよ」

　手塚と美華のやり取りを聞いていた梓は、複雑な気分になった。

梓にとっての李は、悪魔以外のなにものでもなかった。

だが、娘にたいしては、優しく愛情に溢《あふ》れている父親の顔をみせていたに違いない。

「ねえ、私をどこに連れて行く気？」

「それは言えないけど、部屋に着いたらなんでも好きなもの頼んでいいからね」

「お腹は空《す》いてないわ。それより、私を解放する条件を教えてちょうだい」

美華が、食べ物に釣られることもなく、非常に大人的に話を引き戻した。

「わかった。話は、部屋に着いてからにしよう」

「あなた達、思い直すならいまよ。パパは、私が人質だからって、『朝義侠』を売るような人じゃないわ。もし、そんな人なら、私はパパを軽蔑《けいべつ》するわ。私も同じよ。パパの娘として、殺されてもあなた達に協力する気はないから」

きっぱりと言い切る美華に、さすがの手塚もあんぐりと口を開き言葉を返せないでいた。

そんな美華をみて、梓はせつない気持ちになった。

同時に、なぜ、美華がこういうふうな子供になってしまったのかの理由もわかったような気がした。

洗脳。

恐らく、間違いない。美華は物心ついたときから、繰り返し、李の教えを脳裏に刷り込まれたに違いない。

車は、四谷《よつや》方面に向かっていた。

梓も、この後どこに行くかを手塚から聞かされていなかった。

手塚の携帯電話が震えた。

「出荷した荷物の具合はどうだ？」

イヤホンをつけた手塚は電話に出ると、暗号で訊《たず》ねた。

暗号を使うのは、携帯電話での会話を盗聴されたときのためだった。

「破損が一個……集荷した荷物は？　小さな荷物四個が集荷、三個が破損、三個が行方不明」

手塚は、梓と西原に聞かせるように、報告内容を声を出して復唱した。

出荷した荷物とは、裏口で待機していた四人の公安捜査官のことだ。

破損が一個……ひとりが死亡。西原はここにいるので、ふたりが生き残ったということになる。

集荷した荷物とは「朝義侠」のことで、その中で小さな荷物とは李の配下のことだ。

四人が逮捕、三人が死亡、三人を取り逃がしたということになる。

「大きな荷物はどうした？」

梓が気になっていることを、手塚が代わりに訊いた。

「そうか……わかった。集荷した四個の荷物はB倉庫に運んでくれ。こっちはA倉庫に向かってる。到着したら、連絡を入れて指示を出す」

一方的に指示を出し、手塚が電話を切った。

「大きな荷物は、行方不明だそうだ」

正面を向いたまま切り出した手塚は、悔しそうに唇を噛《か》んだ。

あの状況で逃亡に成功するとは、悪運の強い男だ。

公安部としては、千載一遇のチャンスを逃してしまった。

しかし、こっちには、李が溺愛《できあい》する美華という「担保」がある。

いくら冷血漢の李でも、最愛の娘を見捨てたりはしないだろう。

逆を言えば、いまの李はなにを仕出かしてくるかわからない、非常に危険な状態ということになる。

「ミファちゃん、訊《き》いていい？」

梓は、後部座席を振り返った。

「なによ？」

美華が、敵意に満ちた眼で睨《にら》みつけてきた。

「好きな遊びとかないの？　たとえば、お人形遊びとか……」

言いかけて、梓は馬鹿な質問をしたと後悔した。

僅《わず》か七、八歳の少女が、子供らしさを剝奪《はくだつ》されてしまった境遇が、憐《あわ》れになってしまったのだ。

だからこそ、そんな子供らしい遊びに興味を持つわけがないのに……ある意味、無神経で残酷な質問だと梓は反省した。

「あるわよ」

予想外の返答に、自分で訊いていながら驚いてしまった。

強がっていても、やはり子供ということか。

内心、ほっとしている自分がいた。

「どんな遊び？」

「お人形遊び。心臓をナイフで抉《えぐ》り出し、喉《のど》を切り裂くの。梓ってお人形をね」

美華が、初めて微笑んだ。

李を彷彿《ほうふつ》させる、底なしに陰鬱《いんうつ》で冷酷な笑顔だった。

思い違いをしていた……。

李ではなく、目の前の少女こそ「朝義侠」の象徴なのかもしれない。

20

西新宿の雑居ビルの三階。薄暗い廊下の天井から睨む二台の監視カメラ。

組織犯罪対策課の警部補……橋口《はしぐち》の逞《たくま》しい前腕が、スチールドアを乱打するたびに隆起した。

「おらっ、早くしないと、ドアぶち破るぞ！」

橋口の野太い怒号が、静まり返った廊下に響き渡った。

ドア越しに漏れ聞こえてくる金属音に、防弾チョッキを装着した十人の警官隊の間に緊張が走った。

もちろん、佐久間もスーツの下に防弾チョッキを着込んでいた。

金属音の数秒後に、薄くドアが開き、坊主頭の若い男が顔を覗《のぞ》かせた。

「なんだよ？　あんたら……」

橋口が、坊主男の胸倉を摑《つか》み力任せに引き摺《ず》り出した——強引に、室内へと踏み込んだ。

「てめえらっ、なんだこら！」

雪崩れ込む警官隊に、紫のアロハシャツを着た男が血相を変えて立ちはだかった。

五坪ほどのスペースには白革張りのソファとテレビが置かれ、部屋の中央はパーティションで仕切られていた。

「札は出てんだよ！　どけっ」

橋口は捜査令状をアロハシャツの鼻先につきつけ、体当たりするように押し退《の》けた。

新宿署の組織犯罪対策課が課を挙げて動く、「一斉会」の野球賭博《とばく》壊滅に、橋口の気合の入りかたは半端ではなかった。

佐久間は、重戦車のようにパーティションの奥に突き進む橋口の背中に力ない足取りで続いた。

パーティションの奥の部屋では、スーツ姿のゴキブリさながらに整髪料で髪をてからせた長身の男が、ボストンバッグになにかを放り込んでいるところだった。

「動くな！　そのまま、そのまま！」

橋口が、アメリカの刑事ドラマの主人公みたいなセリフを口にしつつ、捜査令状を長身男に翳《かざ》した。

「お前らっ、いきなりどういうつもりだ！」

長身男が、ボストンバッグを後ろ手に庇《かば》いつつ精一杯虚勢を張った。

「ガサ入れを予告する馬鹿がいるか！　そのバッグをこっちに渡せ！　おいっ、あっちのふたりの身柄押さえろっ」

橋口が、警官隊に命じた。

「無駄に食らい込みたくなかったら、おとなしくしてろや！」

長身男のネクタイを摑んだ橋口は、そのまま壁際に押しつけ、ボストンバッグを奪った。

「おいおいおい、なんだこれは!?」

逆さにしたボストンバッグからデスクの上に放り出された携帯電話の山をみて、橋口が大声を張り上げた。

ざっとみただけで、四、五十台はあるようにみえた。

「み、みてわからねえのかよ……携帯電話だよ」

往生際悪く足掻《あが》いているものの、長身男は明らかに動揺していた。

「その携帯電話が、なんでこんなにたくさんあるのかって訊いてんだよ！」

「そ、そりゃ……いろいろ店とかやってるから、従業員とかのやつを預かってんだよ」

長身男が、しどろもどろに言った。

「あ!? なんの店だ？ 野球賭博に使ってた携帯だろうが！ ああ!?」

白手袋を嵌《は》めた手で鷲掴《わしづか》みにした携帯電話を長身男の頰に押しつけ、橋口が詰め寄った。

警官隊は、ノートパソコンやノートの類《たぐい》を黙々と段ボールに詰め込んでいた。

「ち、違う……」

「なにが違うんだ！ おら！」

少しでも点数を稼ぎ海東の覚えをよくしておきたいのか、橋口のハイテンションぶりは尋常ではなかった。

佐久間は、耳を塞《ふさ》ぎたい気分だった。


——梓という女を十日で、こうしてくださいね。

李が溺愛する娘……美華からの指令。

切られた期限まで、あと五日しかない。

正直、いまは、こんなところで野球賭博のガサ入れをしている場合ではなかった。

「署から電話が入った。あと任せても大丈夫か？」

佐久間は、橋口の背中に声をかけた。

「はい、ここは俺だけで大丈夫っすよ」

振り返りもせず、橋口が言った。

「じゃあ、頼んだぞ」

佐久間は、橋口に言い残し玄関に向かった。

もともと、反りの合わない部下だった。

というより、自分と反りの合う同僚などいない。

建物の外に出た佐久間は、スナックの店先にある空のビールケースを引っくり返し、腰を下ろした――煙草に火をつけた。

西新宿の裏路地――都庁界隈《かいわい》の威風堂々とした区域から目と鼻の先に取り残されたバブル時代の「残骸《ざんがい》」から漂う退廃感は、行き場のないいまの自分に共通する匂いがした。

ヤクザに情報を流すことと引き換えに得た金で買ったアルマーニのスーツやバリーの靴が、よりいっそう物哀しさを浮き彫りにしていた。

正義を貫き通すはずの警察組織が、ときとして、その正義が仇《あだ》になると思い知らされたあの日から、警察官としての自分は死んでいたのかもしれない。

自分の行き場を探しているうちにヤクザに近づいたものの、そこにも佐久間の求めている居場所はなかった。

高級な車、高級なスーツ、高級な酒、高級な女……上辺だけなら、それなりに心地いい世界なのかもしれない。

だが、いい思いをする代償として、彼らは常に身の危険と背中合わせの生活を送っている。

自分には、命を狙ったり狙われたりの生活など一ヶ月も無理だろう。

もちろん、ヤクザになったからといって、誰しもが鉄砲玉を命じられたり標的にされたりするわけではない。

しかし、ヤクザ世界に足を踏み入れるということは、「親」に命を預けるということだ。

「親」がタマを取りに行けと命じれば、首を横に振ることはできない。

自分のように、安全な場所からおいしい部分だけを掠《かす》め取ることができるのも、桜田《さくらだ》門《もん》という代紋を背負っているからだ。

ならば、警察組織の歯車として生きればいいだけの話だが、「理想」を打ち砕かれやり甲斐《がい》も生き甲斐もない現実で、身を粉にして最高に出世しても五十代で署長止まりだ。

警察官としてもヤクザとしても中途半端な自分がいた。

佐久間は、忌々しいほど晴れ上がった空に向けストレスを発散するとでもいうように煙草の紫煙を勢いよく吐き出した。

美華に首をもぎ取られた着せ替え人形と李に心臓を抉《えぐ》られた配下の姿が、佐久間の焦燥感を煽《あお》った。

あと五日……。

梓を殺さなければ、自分があの人形や配下のようにされてしまう。

だが、李の命令に従ったあと、自分はどうなる？

公安捜査官を組織犯罪対策課の刑事が殺してしまうなど前代未聞であり、当然のことながら指名手配犯となり捕まれば死刑は免れない。

そんな自分を、李が守ってくれるのか？

ありえない。

守るどころか、警察官でもなくなった利用価値のないただの中年男は使い捨てられる……つまり、消されるに違いなかった。

煙草を持つ手が震え、止まらなくなった。

無意識に、携帯電話を取り出しある男の番号をプッシュしていた。

毒には毒を……。

佐久間は、縋《すが》る気持ちでコール音を聞いていた。

の眼を避けるためだった。

☆

☆

青山のカフェを待ち合わせ場所に選んだのは、李やヤクザ関係、それから警察関係者の眼を避けるためだった。

もちろん、絶対に安全というわけではないが、新宿よりましだ。

窓越しのパリを彷彿《ほうふつ》とさせる洒落《しゃれ》た街並みも、ときおり通りかかるファッション誌から抜け出したようなモデルふうの美女も、佐久間の心を動かすことはなかった。

「そのスーツ、青山のカフェによく似合ってますよ」

いわゆる「ゴリマッチョ」と呼ばれるガッチリとした体軀《たいく》を黒いスーツで固めた須崎が、皮肉っぽい口調で言いながら現れた。

「悪いな、急に」

須崎と会うときは舐《な》められないようにいつも虚勢を張っていたが、今日は、そんな気になれなかった。

「いえいえ、いつも世話になっている刑事さんに呼ばれたら、どこだって顔出しますよ。警察以外はね」

佐久間の対面の席に腰を下ろしつつ、須崎がジョーク交じりに言った。

「ところで、突然、こんなところに呼び出すなんて、なにかあったんですか？」

アイスコーヒーを注文した須崎が、穏やかな表情で訊《たず》ねてきた。

「いや、まあ、その……ちょっと、まずいことになってな」

佐久間は、歯切れ悪くボソボソとした声で言った。

「どうしました？　強気な佐久間さんにしては、珍しく弱気ですね」

心配しているふうにみせてはいるが、須崎の物言いと態度はどこか愉《たの》しんでいるようにも思えた。

「『朝義俠』の李の件なんだが……」

佐久間は、自分と李のこれまでの経緯を島内の殺害に加担したことだけを伏せて、詳細に話した。

殺人の片棒を担いだことを知られてしまうと、逆に須崎に脅されてしまう恐れがあるからだ。

「だから、言ったじゃないですか？　ミイラ取りがミイラにならないようにって」

須崎が、小さく首を横に振った。

「奴らには、ヤクザにたいするようなやりかたが通用しません。刑事さんが李と接触すると言ったときに、警告したはずです。李は、日本の警察なんて屁《へ》とも思っちゃいませんからね。で、どうするんですか？　その梓って女を殺すんですか？」

「まさか」

力なく、佐久間は答えた。

「でも、そうしなければ、刑事さんの身がヤバいんじゃないんですか？」

須崎が、わかりきった答えを、サディスティックに訊ねてきた。

悔しさや怒りはなかった……というより、須崎を敵に回せば完全に自分は「詰んで」

しまう。

「頼む……」

佐久間はテーブルに両手をつき、うなだれた。

「俺に、力を貸してくれ……」

「刑事さん、とりあえず頭を上げてくださいよ。俺にできることがあれば、もちろんなんでも協力しますから」

「ありがとうな」

佐久間は顔を上げ、須崎に礼を述べた。

年を取り、すっかり気弱になった父親のような気分になった。

「まだ、力になれるかどうかわかりませんから、礼には及びませんよ。俺に、なにをしてほしいんです？」

須崎の眼は、獲物を前にした肉食獣さながらに輝いていた。

無理もない。

ここで作る貸しは、今後のつき合いにおいて、決定的に優位に立てることを意味する。

須崎に首根っこを摑《つか》まれることになるのはわかっていたが、背に腹は代えられない。

なにはともあれ、いまは、この窮地を乗り切ることが先決だ。

「李を……殺してほしい」

午後の中途半端な時間帯でふたり以外に客はいなかったが、佐久間は店員に聞こえぬよう声を潜めた。

「ほう」

須崎の眼が鋭くなった。

「引き受けてくれたら、俺にできることはなんでもする。頼む……このとおりだ」

ふたたび、佐久間は頭《こうべ》を垂れた。

「李が公安捜査官に襲撃されたこと、知ってますか？」

「なんだって⁉」

弾《はじ》かれたように、佐久間は頭を上げた。

「奴らが隠れ家にしている歌舞伎町の『ロゼッタ』というスナックに催涙弾を投げ込まれ、李の配下の何人かが撃たれたって話です」

初耳だった。

瞬間、担がれているのかと思ったが、この状況で須崎が嘘を吐《つ》く必要性はない。

「李はどうなった⁉」

身を乗り出し、佐久間は訊ねた。

「逃げたそうです」

須崎の言葉に、目の前が真っ暗になった。

頭に描いていた切なる希望――李の「死」という夢は、あっさりと打ち砕かれた。

ここで、李が死んでくれていたら……自分の人生は一変していた。

なんという悪運の強い男だ。

「だけど、どうしてそんなこと知ってるんだ？」

佐久間は、率直な疑問を口にした。

自分も知らないような情報を、ヤクザが知っていることがどうしても解せなかった。

「俺の兄弟分が、李を匿《かくま》っているそうなんですよ。李から連絡があって、転がり込んできたそうです」

「あんたの兄弟分が李を匿ってるって⁉」

あまりの驚きに、佐久間は口もとに運ぼうとしたコーヒーカップを落としそうになった。

「ええ。ウチの枝なんですが、覚醒剤《かくせいざい》の取り引きで李とは知らない仲じゃないですからね」

「でも、あんたのとこの若い衆が覚醒剤絡みのトラブルで李にボコボコにされて、犬猿の仲だったんじゃないのか？」

「だから、『天昇会』が匿ってるわけじゃありません。俺の弟分がいる『大浜会』という組ですよ」

「匿っているということは……あんたの弟分は李の味方なのか……」

佐久間は、落胆のため息を漏らした。

「まあ、味方も敵もありませんよ。今回の件で、李に貸しを作っておこうと考えたんじゃないですか？　条件つきなら、刑事さんの頼みを受けてもいいですよ。居場所はわかっているわけですし、チャンスはいくらでもありますからね」

須崎が、軽い感じで言った。

「条件って……？」

「隠れ家を教えますから、刑事さんが李を殺してください。数人の若い衆も援護につけます。その条件を呑《の》むなら、全面協力しますよ。李には『借り』があるんで、いつかはきっちり返さなきゃと思ってましたからね」

「お……俺が……」佐久間は、絶句した。

「そうです。刑事さんが、李を殺すんです。ご自分のことですからね。居場所を教える、手助けする若い衆もつける、お膳《ぜん》立《だ》てもする。これでご不満なら、李の殺害なんか考えないことですね」

須崎の物言いは丁寧だったが、取り付くしまがなかった。

なにからなにまで、須崎の口から出る言葉は尤《もっと》もだった。

だが、その裏には、恐ろしいまでの用意周到な計算が潜んでいた。

須崎も、覚醒剤の密売に絡むトラブルで李と揉《も》めていた。

ただでさえ朝鮮マフィアの存在は、須崎にとっては目障りなはずだった。

だからといって、暴対法が実施された現在では、「朝義俠」と抗争などしてしまったら待ってましたとばかりに組事務所が封鎖されてしまう。

泣きついてきた自分は、飛んで火に入る夏の虫だ。

自分に李を殺させたら、邪魔者は消える。

しかも、殺人犯となった自分の、これ以上ない弱みを掴むことができる。

いままで、高いクラブやキャバクラで接待してご機嫌を伺いながら得ていた捜査情報を、佐久間が警察官であるかぎり無償で得ることができるのだ。

つまり、須崎との立場は完全に逆転し、奴隷の如き扱いを受けることは眼にみえている。

しかし、須崎の要求を蹴《け》ってしまえば、李の奴隷だ。

どちらにしても脅迫される立場に違いはないが、虎に追われるよりも狼に追われるほうがまだましだ。

李に仕えても須崎に仕えても地獄の日々を送ることに変わりはない。

だが、須崎には相当なへたを打たないかぎり命を奪われる危険はないが、李は気紛れで命を奪うようなことを平気でやるだろう。

「どうします？」

須崎が、煙草の紫煙を余裕の表情でくゆらせながら訊《たず》ねてきた。

「わ、わかった……。どうすればいいんだ？」

「現在、李は、『鹿島《かしま》連合』の下部組織『大浜会』の若頭……竹島《たけしま》という男の別宅に匿われています。別宅、まあ、女を連れ込む目的で借りた部屋なんですが、場所は四谷にあります。竹島は組には内緒で李と組んで覚醒剤の密売をしていました。その繫《つな》がりで、李は竹島に頼ったんだと思います」

「ちょ……ちょっと、待ってくれ。それじゃ、李とは同志ってことだよな？　だったら、奴を殺害する計画に協力しないんじゃないのか？」

佐久間は、疑問を須崎にぶつけた。

「李が、竹島のことを本当に同志だと思っているとでも？」

「まあ、利用しているだけだろうな」

「それは、竹島も同じですよ。『鹿島連合』の組長は、刑事さんも知ってのとおり、ウチのオヤジと舎弟の杯を交わしています。破門だけでは済まなくなります。それに、竹島を染めているとウチのオヤジにバレたら、破門だけでは済まなくなります。それに、竹島をこの世界に入れたのは俺ですからね」

ようするに、竹島は須崎の命令には絶対に逆らわない……逆らえないということを言っているのだ。

「なるほどな……。竹島という男は、あんたに全面協力するってわけだな？」

須崎が、運ばれてきたアイスコーヒーに口をつけながら頷《うなず》いた。

「実行日が決まったら、私から連絡します。武器はこちらで用意しますので、刑事さんはいつでも動けるようにだけしていてください」

一方的に言い残し、話は終わりだとばかりに須崎は席を立った。

「あんたを、信じていいんだよな？」

佐久間は須崎の袖《そで》を摑み、不安を払拭《ふっしょく》するように念を押した。

「ご安心ください。刑事さんには、これから私のために末永く働いてもらわなければなりませんからね」

須崎は微笑み、佐久間の手をそっと外すとカフェをあとにした。

ひとり残された佐久間は、テーブルに拳《こぶし》を打ちつけ、食い縛った歯の隙間から呻《うめ》き声を漏らした。

21

携帯電話とキーケースを手にした梓は、駆け足で部屋を出た。

この五日間、手塚が用意していた美華を監禁するための八王子《はちおうじ》のマンションで寝泊まりしていたので、帰宅するのはひさびさだった。

腕時計をみた。午後二時二十五分。一週間ぶんの郵便物の整理や連絡が滞っていた相手に電話を入れているうちに、予定より時間を食ってしまった。

手塚には、三時には戻ると言い残してきたので急がねばならない。

――今夜、李を呼び出す。それにしても、この頑固娘のせいで、大幅に予定が狂ってしまったぜ。

八王子のマンションを出るときに、手塚がため息交じりに言うとやれやれという顔でソファに座る美華をみた。

美華は、拉致《らち》されて八王子に向かう車内で梓が携帯電話を預かろうとした瞬間、本体をふたつに折り、壊してしまった。

李から電話がかかってくることを危惧《きぐ》し、自らその可能性を絶ったのだ。

その後、手塚と梓のふたりがかりで三日間に亘《わた》って李の携帯番号を訊《き》き出そうとしたが、美華が教えることはなかった。

父親の電話番号についてだけではなく、美華は、ソファにじっと座り、ひと言も言葉を発さなかった。

水やスープ類は口にするものの、ハンバーグやオムライスなどのメインの食事には手を出さなかった。

それは、監禁されて今日までの五日間、ずっと続いている。

埼玉の別の隠れ家に監禁している李の配下から、昨夜、ようやく李の携帯番号を訊き出すことに成功した。

昨夜、梓と手塚、美華の拉致を実行した公安捜査官の三人で、李を拘束する作戦会議を開いた。

娘を人質に取られているとはいえ、李が白旗を上げてひとりで呼び出された場所にくるとは思えなかった。

武装させた配下をどこかに潜ませ、自分と手塚を襲撃して逆に拉致し、愛娘の居場所を訊き出そうと考えているに違いない。

李との騙《だま》し合い——裏をかかれたほうが、囚《とら》われの身となる。

梓サイドは「朝義侠」の全容を李に吐かせるために、李サイドは美華を取り戻すために互いを生け捕りにする必要があった。

エレベータを下りた梓は、エントランスの入り口に佇《たたず》む人影に足を止めた。

逆光なので輪郭しかみえなかった。

李の配下かもしれない。

そっと、バッグに手を忍ばせた——掌《てのひら》をひんやりと舐《な》める拳銃《けんじゅう》のグリップを握り締めた。

梓が使用しているのは、S&W社の「M36レディ・スミス」という二十二口径のリボルバータイプの拳銃だ。

口径が小さいので、非力な女性でも正確に扱えるという利点がある。

だが、そのぶん威力も小さく装塡《そうてん》できる弾数も五発と少なめなので、激しい銃撃戦などには向いていない。

あくまでも、護身用に開発されたものだ。

人影との距離は約三メートル。この射距離なら、外さない自信はあった。

人影が、梓に向かって歩み寄ってきた。

梓は身構え、いつでも拳銃を抜ける体勢を取った。

「梓」

名前を呼ぶ声に、全身の筋肉が弛緩《しかん》した。

「省吾……どうしたの？」

悟られぬようにバッグから手を抜き、梓は訊ねた。

「いや……別に、特別に用事があるわけじゃないんだけど……」

言い淀《よど》む省吾が口を開くのを、梓は待った。

前回省吾とのデート中に、手塚から連絡が入り梓は食事の席を抜けてしまった。

李の隠れ家が判明したことで同僚の公安捜査官の呼び出しがあったなどと言えるはずもなく、オブラートに包んだような物言いしかできない梓に、省吾は男の影を疑い珍しく激怒した。

後味の悪いまま手塚のもとに向かう梓は、これでよかったのだと自分に言い聞かせた。

もともと、その日は、省吾からプレゼントされた婚約指輪を返すつもりだったのだ。

とはいえ、梓の心にわだかまりがないと言えば嘘になった。

生まれて初めて、本気で好きになった男性が省吾だった。

自分のすべてを偽っている以上、いつかは別れがくることは覚悟していた。

しかし、頭ではわかっていても、感情のコントロールが思うように利かなかった。

省吾をフィルターに、公安捜査官である前に女であるということに気づいた梓だった。

「この前は……ごめん。君は仕事でトラブルが起きているっていうのに、馬鹿なやきもち焼いてしまって……」

省吾の顔は、眼の下に隈《くま》が貼りつき憔悴《しょうすい》しきっていた。

嘘を吐《つ》かれているとも知らないで自分自身を責める省吾に、梓は胸が締めつけられる思いだった。

「ううん……私のほうこそ、ごめんなさい。ふたりで会っているときに、仕事を優先するなんて最低よね」

「いや、そんなことないよ。君に結婚を申し込むなら、もっと寛容な男にならないとね」

省吾が、ようやく微笑んだ。

「ところで、トラブルは解決したの？」

「それが……」

梓は言い淀み、省吾にわからないように腕時計に視線を落とした――二時三十分を回っていた。

どんなに急いでも、手塚との約束の三時までに間に合いそうもなかった。

だが、ここで焦っている姿をみせてしまうと、せっかく仲直りをしにきてくれた省吾を不快な気分にさせてしまう。

「あ、僕、仕事の途中だから、そろそろ行くね」

「それだけを言いに、きてくれたの？」

「うん。電話でも済む話かもしれないけど、やっぱり、君の顔をみて話したかったからね」

「ありがとう……」

目頭が、熱くなった。

「じゃあ」

省吾は小学生が遊びの終わりにそうするように、手を上げ身を翻し小走りでエントランスを出て行った。

梓には、わかっていた。

省吾は、嘘を吐いていた。

だが、それは梓の機密を守るという嘘とは違い、優しさからくる嘘だった。

梓は眼を閉じ、束の間、頭の中を無にした——省吾への想いを、心の奥に封じ込めた。

ひと欠けらでも優しさや甘さを残した状態で、八王子に向かうわけにはいかない。

これから相手にするのは、優しさや甘さとは対極の位置にいる冷血鬼なのだ。

梓は自分に言い聞かせ眼を開け、足を踏み出した。

☆　　☆

オートロックの解錠音が、エントランスに響き渡った。

梓はエレベータに駆け込み、五階ボタンを押した。

腕時計の針は、午後四時を回っていた。

五階で降り、階段を使って七階に上がった。

自宅マンションから八王子までの道程も、電車とタクシーを何台も乗り継ぎながら尾行には細心の注意を払った。

七〇二号室のインターホンを押すと、しばらくの間を置き、カギの開かれる金属音が漏れ聞こえてきた。

「遅れてごめんなさい。なにか食べた？」

梓は、沓脱《くつぬ》ぎ場に足を踏み入れながら出迎える手塚に訊《たず》ねた。

「いや、コーンスープを半分しか飲まない。信じられない頑固娘だ」

手塚が、呆《あき》れたように言った。

「李を捕まえて吐かせたら、あのコを解放してあげるのよね？」

「ああ。それまで、体力が持てばの話だがな」

あっさりと言う手塚に、梓は微《かす》かな怒りを覚えた。

「呑気《のんき》に言ってる場合じゃないでしょう？　まだ小学生の女のコなのよ⁉」

梓は鬱積《うっせき》していた罪悪感をぶつけるように叫び、奥の部屋に入った。

八畳のフローリング貼りのリビングのコーナーソファに、美華は凭《もた》れかかるように座っていた。

一日の大半を、彼女は同じ場所に同じ格好で座り、つけっ放しにされているテレビを無表情に観ていた。

西原は、部屋の隅でフローリングに胡坐《あぐら》をかき、文庫本を読んでいた。

ただ本を読んでいるだけでなく、視界の端で美華の動きをチェックしているのは言うまでもない。

美華はときおりリモコンでチャンネルを変えているが、バラエティを観てもアニメを観ても表情が変わることはなかった。

気紛れに立ち上がり、部屋の中をふらふらと歩き回り、窓の外を眺めたり、壁に背を預け佇んだり、七、八歳の少女には恐ろしく退屈な一日のはずなのに、美華は文句を言うこともぐずることもなく淡々と過ごしていた。

七時にはシャワーを浴び、夜の八時までには隣室の寝室に行き就寝する。

朝は八時に起きて……という日々の繰り返しだった。

この部屋に連れてきた当初よりも、美華はひと回り小さくなったように感じた。

ふくよかだった頬の肉は削《そ》げ落ち、眼の下には色濃い隈が貼りつき、上瞼《うわまぶた》は落ち窪《くぼ》んでいた。

両手、両足は海辺に打ち上げられた流木のように痩《や》せ細っていた。

自宅マンションに戻る前に梓が作った朝食のうち、コーンスープ以外のハムサンドと玉子焼きにはまったく手がつけられていなかった。

「ミファちゃん。少しでもお腹になにか入れておかないと、病気になっちゃうわよ」

梓は、ハムサンドを美華の眼前に差し出しながら言った。

しっかり食事を摂《と》るように口では何度も言ってきたが、直接、食べ物を口に運ぶ行動に出たのは初めてのことだった。

いきなり知らない大人達に拉致《らち》され父親と引き離された美華がつらいのはもちろん、梓も、任務のためとはいえ、幼い少女を精神的にも肉体的にも追い込んでしまった現状に心が痛んでいた。

美華が、無言で梓の手を払い除《の》けた——ハムサンドが、床に転がり落ちた。

「覚えておきなさい。私もパパも、あなた方の要求をひとつも受け入れる気はないわ。コーンスープを飲むのは、解放されたときに自分の足で歩いてパパのところに帰りたいからよ」

部屋に監禁されてから初めて、美華が口を開いた。

ろくに食事を摂っていないので薄く掠《かす》れた声だったが、誇り高く気丈な物言いだった。

コーンスープだけには口をつける理由を、パパが助け出してくれたとき、ではなく解放されたとき、と言うあたりが美華の意志の強さを感じさせた。

「無理矢理こんなところに連れてこられて、ミファちゃんが反発する気持ちはわかるわ。でも、私達はミファちゃんをイジメたくてそうしているんじゃないのよ。ミファちゃんのパパは、ミファちゃんには優しいパパだと思う。だけどね、そのほかの人には、とても悪いことをするパパなの。だから……」

頬に衝撃――美華の右手が、梓の左の頬を弾《はじ》いた。

西原が弾かれたように文庫本から顔を上げた。

「あなた如きが、パパを侮辱するのは許せないっ。パパは、腐り切った世界を変えるために必要な選ばれし人間よっ。悪いことをしているのではなく、悪い人に制裁を与えているの！」

「ほら、言わんこっちゃない」

開け放たれたリビングのドアに腕組みをし身体を預けた手塚が、呆れた顔で言った。

「あなたは、黙ってて」

梓は、手塚を睨《にら》みつけた。

「いや、黙っちゃいられないな。君のその同情心は、任務の障害になる可能性がある」

「小学生になったばかりの少女が五日間もまともな食事を摂らないことを心配しているだけで、同情じゃないわ」

「それが、余計だと言ってるんだ。このコの言葉、聞いただろ？　俺達が頭に描いている七歳の少女とは根本的に違う。教育によって思想というものが、ミファの中には既に出来上がっている。そこらの同年代の女の子の興味が人形遊びや少女漫画なのと同じように、ミファの興味は理想とする世界を創り上げることなだけだ。だから、障害となる人間を殺すことに、微塵《みじん》の罪悪感も感じない。ゲームで、ステージをクリアするために敵を倒して行く感覚と同じだから、彼女の中ではなんの抵抗もないんだ。君のやっていることは、紛争地で機関銃で武装した少年兵士に、そんな危ないものを持つのはやめなさい、って、不用意に近づく行為と同じだ。少年兵士からすれば、君は敵でしかない。撃ち殺されるのが関の山だ」

手塚の苦言が、梓の甘さを浮き彫りにさせた。

かわいそうだという考え自体、日本の少女を基本にしていた。

ペットにそうするように、同じ犬だからと野犬の頭を撫《な》でようとすることと同じ危険な行為を、美華にたいしてしていたのかもしれない。

幼くても、小さくても、美華の思想は「朝義侠」そのものなのだ。

「以後、気をつけるわ」

梓は、素直に詫《わ》びた。

李を相手に、気の緩みは死を意味する。

自分の甘さを叱責して気づかせてくれた手塚には、感謝の気持ちさえあった。

手塚は小さく頷《うなず》き、美華に向き直った。

「必ず、君のお父さんを捕まえる。日本の警察を、甘くみないほうがいい」

子供相手にも、大人と変わらない接しかたをする手塚。

その姿勢は、美華に、というより自分にみせるためのような気がした。

「パパは屈しない！」

平手を飛ばそうとする美華の細い手首を、手塚は摑《つか》んだ。

静かな口調で言うと、手塚は美華の手首を離して隣の部屋に梓を促した。

「屈するさ」

隣室は、寝室になっていた。

六畳のスペースに、シングルベッドがぽつんと置かれただけの簡素な空間だ。

「ここから車で三十分くらい行った山に、山荘がある。そこに、警視庁のＳＡＴが配備されている」

手塚が、ベッドに腰掛けながら言った。

「ＳＡＴが？」

梓は、思わず訊ね返した。

SATは、正式名称、警視庁特殊急襲部隊で、警備部の警備第一課に属する。

主な任務はハイジャックなどの立て籠《こ》もり犯を受け持っているが、国家転覆を狙う政治犯も任務内だ。

公安部と警備部はオウム真理教の「地下鉄サリン事件」などでも連係プレーをみせるなど、刑事部に比べると相性は悪くない。

だが、マフィア絡みの件でSATが動くのはかなりのレアケースだ。

「ああ、そうだ。李が、ひとりで乗り込んでくることはありえない。じっさい、『朝義俠』日本支部を指揮しているのは、ナンバー2の庸《ヨウ》という男らしい」

「庸？」

初めて聞く名前だった。

なにより、それだけの実権を与えられたナンバー2がいること自体、初耳だった。

SATとの連携、そしてナンバー2の存在の把握……やはり、手塚は梓以上の任務を任されているに違いない。

「内通者の情報によれば、李と庸は異母兄弟だそうだ。庸は、『朝義俠』とは別行動をすることが多くて、いわゆる裏部隊だ。警察組織にたとえれば、刑事部ではなく公安部って感じかな」

「今回は、庸も動くっていうこと？」

「李の率いる本隊とは別に、個別で動く可能性がある。庸は、朝鮮人民軍総参謀部偵察局の情報処に所属している工作員だという噂がある」

「それって、昔、ビルマで起きた『ラングーン事件』のときに活躍した工作員のこと？」

「ラングーン（現ヤンゴン）事件」とは、一九八三年にビルマ（現ミャンマー）を訪れていた韓国の全斗煥《チョンドファン》大統領の暗殺未遂事件だ。

北朝鮮の金日成《キムイルソン》主席から命じられた北朝鮮人民軍の工作員がビルマに潜入し、全斗煥大統領が訪れる予定のアウン・サン廟《びょう》の屋根裏にクレイモア地雷を仕掛けたのだが、ひと足先に入った特命全権大使の車を大統領の車と間違えた工作員が爆破してしまった。

この事件により、二十一名が爆死し、四十七名が重傷を負った。

「ラングーン事件」により、それまでベールに包まれていた北朝鮮人民軍の工作員部隊の存在が全世界の知るところとなった。

「軍の秘密工作員がマフィアの幹部……日本じゃありえないわね」

「まあ、もともと、『朝義俠』は北朝鮮人民軍の特殊部隊という笑えない話があるくらいだからな」

手塚が、肩を竦《すく》めた。

「いま、庸はどういう動きをしてるの？」

「さあ、噂は聞くが、奴の動きはまったく摑めてない。日本には潜伏しているらしいが、それさえも確証はないからな。だが、気は抜けない。これも噂だが、『朝義俠』の本部での評価は、コントロールしづらい李よりも庸のほうが高いって話もあるくらいだ。もしかしたら本部は、李は切り込み隊長の役割で、ゆくゆくは庸に日本支部の司令塔を任せるつもりかもな」

手塚の話を、鵜呑《うの》みにはしなかった。

庸の存在さえ、最初から摑んでいながらいま頃になって仄《ほの》めかしてきた男だ。

公安部の上層部から与えられた任務を、梓にすべて話しているとは思えない。

いや、手塚自身も、すべては伝えられていないに違いない。

「李と庸の関係は、どうなのかしら？」

探り探りの会話——李や庸の前に、手塚との「戦い」もある。

「李は、庸に全幅の信頼を置いている。日本での活動においても、重要な任務を与えているようだ。庸もまた、李のためなら命を捨てる覚悟で任務に就いているらしい」

「SATは、具体的にどう動くの？」

「今回は、一個小隊の二十人が配備される。山荘を取り囲むように半径五メートル以内に八人の突撃班、十メートル以内に八人の狙撃班、そして、四人の支援班が突撃班と狙撃班をサポートする。山荘には俺と西原が行く。君は、ここに残ってミファを監視してくれ」

「私を、任務から外す気⁉　散々、協力させておいて、おいしいところは持ってく気なの⁉」

梓は、まなじりを吊《つ》り上げ詰め寄った。

手塚は、最初からどこか油断のならない男だと思っていた。

公安捜査官の性《さが》と言えばそれまでだが、謎が多過ぎる。

だが、手塚のなにを警戒すればいいのか、明確にはわからなかった。

出会った直後は、自分から李や「朝義俠」に関する情報を引き出すために接触してきたのかと考えたが、ともに行動しているうちにそれはないと判断した。

理由は明白で、手塚のほうが李や「朝義俠」に関しての情報は梓よりも遥《はる》かに知っているからだ。

ほかに、自分を利用することでの手塚のメリットを考えてみたが、それも思い当たらない。

しかし、なにかがあるような気がしてならなかった。

「おいおい、人聞きの悪いことを言わないでくれよ。ミファの監視も、立派な任務だろう？　山荘での任務は、SATが包囲しているといっても危険が伴う。少女の監視と山荘で李をおびき出すふたつの任務を男性捜査官と女性捜査官に振り分けるとしたら、俺じゃなくても同じようにすると思うけどな」

「この期に及んで、男だから女だからって持ち出す気？　公安捜査官に採用された時点で、平等に扱われる権利を得たのよっ」

梓は、憤然と手塚に食ってかかった。

家族を婚約者を、欺き続けてきた——公安捜査官であることで、人生のすべてを犠牲にしていると言ってもいい。

それを男女の適応力の差という理由で片付けられるなど、我慢ならなかった。

「なら、男女関係なしにはっきり言おう。今回の任務は、激しい銃撃戦や格闘になる可能性がある。そうなった場合、身体能力も射撃術も君より西原のほうが優れている。男女のハンデなしに、公平に判断した結果だ。はっきり言って、悪かった」

唇が裂けるのではないかというほどに、梓は前歯を嚙《か》み締めた。

手塚の言うとおり、銃撃戦や格闘を想定した際に、自分より西原のほうが能力的に優れているのは認める。

肉体的強さや俊敏さを競う分野を極めたもの同士なら、女性は男性には勝てない。

そう、公平に扱ってくれと言いながら、いざ、公平に扱われると男性と女性が競うこと自体が不公平であると気づかされた。

梓が屈辱に感じたのは、どう足搔《あが》いても男性よりも劣っているという事実よりも、手塚に詫《わ》びられたことだった。

「それは納得していることだから、謝ることはないわ。それより、いつ決行するの？」

「いまから電話する」

少しも傷ついていないとばかりに、梓はさらっと訊《たず》ねた。

「いまから!?」

李の携帯電話番号を入手した段階で、実行日が今夜だとは予想していたが、あまりにも唐突過ぎて驚きを隠せなかった。

「ああ、電話して、三時間後を指定する」

「突然すぎない？」

「李に、準備する時間を与えたくない。それでも三時間の間にできうるかぎりのことをするだろうが、こっちは一ヶ月前からこの日のために備えてきたんだ」

「一ヶ月前ですって!?」

梓は、眼を見開き身を乗り出した。

一ヶ月前に、梓は既に李をマークしていたが、手塚とは出会っていない。

手塚は、今日の任務を梓に会うずっと前から計画していたことになる。

「私に言ってなかったじゃない、っていうのはなしだぜ」

手塚が、冗談っぽく言うと笑った。

もちろん、梓は笑えなかった。

「私は……『朝義侠』壊滅の任務に人生を賭《か》けてるの……試したり、騙《だま》したりして、反応をみて愉《たの》しい？」

梓は、震える声を絞り出した。

「俺が、冗談半分で任務についていると思うのか？」

微笑が、手塚の口もとから消えた。

「そうは言ってないわ。ただ、パートナーの私には、ずっと前から計画を立てていたこ
とくらい教えてほしかったわ」

「いつから立てた計画を、教えればいいのかな？」

「だから、いま言っていた李の……」

『朝義侠』壊滅任務の作戦会議は七年前、李をマークし始めたのは三年前からだ。七
年間に、計画なんて数百回行った。実行したやつ、実行しなかったやつ、成功したやつ、
失敗したやつ……どこから、どれだけ話せばいいんだ？」

七年前……梓は、声を失った。

その当時の梓は、公安部に配属されるどころか、警察大学にいた頃だ。

そんなに昔から「朝義侠」を追っていたとは……。

「たとえば、俺の婚約者が李の配下に殺されたって話も、したほうがいいのか？」

手塚が、潤む瞳《ひとみ》を梓に向けた。

「え……」

瞬間、脳みそをコンクリートで固められたように思考が停止した。

「その頃は、公安捜査官とは思えないような開けっぴろげな性格でね。新宿や渋谷の繁
華街で、彼女と堂々とデート三昧《ざんまい》……内偵が得意なのは、公安だけじゃないってことを、
最悪の結果と引き換えに俺は思い知らされたってわけだ」

手塚が、自虐的な笑みを浮かべた。

「ごめんなさい……私……」

「おっと、やめてくれよ。蜘蛛《くも》と同情が、この世で一番苦手でね」

無理して明るく言うと、手塚は携帯電話を手に取った。

「必ず、李に償わせてみせる」

ふたたび、暗く哀しい色の宿った瞳を梓に向け、手塚が番号ボタンをプッシュした。

22

ワンルームの室内は、さんまでも焼いているかの如くもうもうと煙が立ち込めていた。

冷蔵庫のモーター音が、ささくれ立つ神経を逆撫《さかな》でする。

午前十時に部屋に入ってから八時間——佐久間は、三箱目の煙草の封を汗ばんだ指先で切った。

真冬でもないのに、ソファに座る佐久間の足も、煙草をパッケージから抜き出す指先も、ぶるぶると震えていた。

対照的に、掌《てのひら》や背中には不快な冷や汗が噴き出していた。

佐久間の右手の長ソファに座った三人の若い衆は、脂汗の浮いた顔を硬く強張《こわば》らせ、テーブルの上に並べられた拳銃《けんじゅう》を眺めていた。

拳銃は四挺《ちょう》……三挺の護身用のリボルバータイプの小型拳銃の中で、一挺だけ、チワワに混じったセントバーナードのような飛び抜けて大きなオートマチック拳銃が蛍光灯の明かりを不気味に照り返していた。

須崎に案内されたのは、「鹿島連合」の傘下組織「大浜会」の若頭、竹島が李を匿《かくま》っている愛人宅の隣の部屋だった。

部屋の隅に置かれたテレビのスピーカーから、激しい破損音が流れてきた。

テレビには、チェストの上の写真立てを右手で払い、壁を蹴《け》り上げる李の姿が映し出されていた。

割れたグラスや酒瓶、引き裂かれたクッション、倒されたテレビ、壁に突き立てられた包丁……李の潜む部屋は、まるで、猛獣が解き放たれたように荒れ果てていた。

公安捜査官に最愛の娘がさらわれて五日間、李の忍耐力も限界に近づいているに違いない。

佐久間も、精神的、肉体的に限界に近づいていた。

これから人を殺さなければならない緊張感にくわえ、朝からずっと部屋に閉じこもり、李の荒れ狂う様子を垂れ流している映像をみているうちに、頭痛と吐き気に襲われた。

「手に馴染《なじ》ませておいたほうがいいですよ」

佐久間の左手のひとり掛けソファに座っていた須崎が、大型のオートマチック拳銃を宙に翳《かざ》しながら言った。

須崎に促され、佐久間はデザートイーグルを受け取った。

ずしりとした重みに腕が沈んだ。

「どうです？　ごついでしょう？　拳銃史上最大の破壊力の誉れ高いデザートイーグル50AEモデルです」

須崎が、誇らしげに言った。

「ここまで、大口径でなくてもいいんじゃないか……？」

佐久間は、部屋に案内されてすぐに拳銃をみせられたときに思った疑問を口にした。

デザートイーグル50AEモデルは重量が二キロを超え、弾丸の50AE弾は長さ十センチ近くもある。

訓練を受けていない女性や貧弱な体型の男性は、撃発時の反動で肩を痛めることもあるらしい。

佐久間はデザートイーグルはおろか、大口径の拳銃を撃ったことがないので不安だった。

「李は、襲撃に備えて寝るときもボディアーマーを身につけています。こいつは、レベル3以上のボディアーマーでないと貫通を防げません。因《ちな》みに、李が着ているのは、レベル2です」

須崎が、口角を吊《つ》り上げた。

李殺害計画を、須崎は用意周到に進めていた。

恐らく、竹島が須崎に情報を流しているに違いない。

竹島の立場なら、飲食物に毒を混ぜたり寝込みを襲ったりするなり、李を狙うチャンスはいくらでもあるはずだ。

だが、それを口にはしなかった。

李を殺すことだけでは、須崎の目的は達成しない。

自分に殺させることに、意味があるのだ。

「破壊力満点の武器を使う理由はわかったが、どのタイミングで乗り込むんだ？」

佐久間は、一番、恐れていることを訊《き》いた。

「まあ、そう焦らずに。李の醜態をじっくり愉しみましょうや」

須崎は、サディスティックな笑みを片頬に貼りつけ、テレビを顎《あご》でしゃくった。

髪を振り乱し、無精髭《ひげ》に塗《まみ》れた顔……画面越しにも李が憔悴《しょうすい》していることが窺《うかが》えた。

李が、携帯電話を手に取りどこかの誰かに電話をかけると、荒々しく捲《まく》し立て始めた。

李が使っているのは、日本語ではなく母国語だった。

酒を浴びるように呑《の》み続け、壁や物に当たり散らし、意味不明な喚《わめ》き声を上げ、配下に電話をかけまくり怒鳴りつける——朝から、李はずっとこの調子だ。

「シャブが切れて錯乱したジャンキーみたいですね。まあ、無理もないか。溺愛《できあい》している娘の居場所が、依然としてわからないわけですから」

須崎が、呑気《のんき》な口調で言った。

「朝義侠」のネットワークもかなりのものだろうが、公安部が美華を拉致《らち》したのならば、居所を割るのは至難の業だ。

マンション、アパート、団地、一軒家、廃校、ホテル、旅館……公安部は、日本全国のあらゆる場所にあらゆるタイプの隠れ家を所有している。

ヤクザやマフィアも隠れ家は持っているが、国家権力を背後につけている公安部の比ではない。

その気になれば、戸籍や住民票を操作できる公安部がひとりの人間を「消す」のは容《た》易《やす》いことだ。

「いっ……殺《や》るんだ……？」

佐久間は、声帯を締めつけられたような、か細くうわずった声を喉奥《のど》から絞り出した。

「まあまあ、そう慌てずに。李は、迂闊《うかつ》に外を出歩けません。少なくとも、今日は、このまま部屋にいます。まだ六時を回ったあたりです。李が寝つくまでの間で、一番隙の多い瞬間に踏み込みましょう。いまのうちに、腹ごしらえでもしててください」

須崎が、拳銃とともにテーブルに置かれたピザを指差した。

「そんな気分に、なれるわけないだろう……」

佐久間だけでなく、若い衆の三人もピザには手をつけてなかった。

当然だ。これから、人を殺しに行くのだ。

しかも、ターゲットは手負いの虎だ。

一歩間違えば、逆襲にあい命を落とすことになる。

「それより、寝ついてから踏み込むの間違いじゃないのか？　寝ているときが、一番、隙があるだろう？」

「いいえ、間違いじゃありません。李は、睡眠中が一番、警戒しています。忘れちゃいけません。奴は、野生の獣《けだもの》です。野生動物は、水を飲むとき、排泄《はいせつ》をするとき、寝るときが一番襲われやすいということを知っています。李は拳銃を握ったまま眠ります。それも、非常に浅い眠りで、少しの物音でも目覚めます。しかも、暗闇に視界を奪われるので、襲撃するほうも手間取ってしまい、そうしている間に、李は異変に気づき臨戦態勢に入るでしょうね」

言われてみれば、納得だった。

赤外線スコープがあるならまだしも、暗闇に突入するのは眼が慣れるまでに時間がかかり、逆にこちらに隙ができる。

「いつまで、待てばいいんだ？」

この緊張感が長く続けば、襲撃の前に精神的に参ってしまう。

画面の中の李は、ひっきりなしに電話をかけ続け母国語で怒鳴り散らしていた。

「一分後かもしれませんし、二時間後かもしれません。私が、いつゴーサインを出してもいいように心の準備をしておいてください」

他人事《ひとごと》のように言うと、須崎はピザをひと切れ摘《つま》んで口に押し込み、テーブルの上に部屋の間取り図を広げた。

「いま、李がいる部屋がここです」

須崎が、図面のリビングにジッポーのライターを立てた。

「玄関から入って、二メートルほどの廊下を進んで中ドアを開けます。因みに中ドアは押すタイプです。スペアキーを渡しますから、音を立てないように開けて、一気に突っ込めばリビングまで三秒もあれば到達します。あとは……」

言葉を切った須崎が、バン！　と言いながらジッポーを人差し指で弾《はじ》き飛ばした。

須崎は、この状況を愉《たの》しんでいるようにも思えた。

万が一、襲撃に失敗したところで、命を落とすのは自分や若い衆達だ。

「チェーンロックとか、かかってるんじゃないのか？」

「あ、そうそう、忘れてました。チェーンロックの接合部を細工して、ネジ穴をスカスカにしてありますから、強く引けば簡単に外れるようになっています」

どこまでも周到な須崎に、佐久間は背筋に冷たいものを感じた。

ひとつ明確になったのは、須崎は、ずっと前から李を殺害するつもりだったということだ。

そんなことも知らずに須崎に相談した自分は、飛んで火に入る夏の虫だったに違いない。

「本当に、外れるん……」

　佐久間の声を遮るように、須崎が唇に人差し指を立てた。

『ミファは無事なんだろうな!?』

スピーカーから流れてくるひと際大きくなった李の声は、母国語ではなく日本語だった。

ソファを蹴《け》った李が、鬼の形相で携帯電話に向かって怒鳴りつけていた。

『てめえっ、ミファを返せ！　すぐに返さねえと、ぶっ殺す！　必ずぶっ殺す！』

いつもの流暢《りゅうちょう》な日本語とは違い、李の言葉遣いは聞いたことがないほどに荒れていた。

「公安からの電話ですね。神風が吹きましたよ！」

須崎が眼をギラつかせ、佐久間にスペアキーを手渡した。

「い、いまか……？」

急過ぎる展開に動転した佐久間の心臓が、不規則なリズムを刻んだ。

「いま行かねえで、いつ行くんだ！　電話が終わったらどうすんだ！　はやく行けや！　おめえらもだ！」

これまでの紳士的な態度と一転して、須崎が物凄《ものすご》い剣幕で佐久間と若い衆に怒声を飛ばしてきた。

ほとんど同時に、三人の若い衆が立ち上がった。

佐久間も立ち上がろうとしたが、緊張と恐怖に足に力が入らなかった。

「おっさん、なにやってんだ！　こら！　早くしろや！」

若い衆のうちのひとりが、佐久間の襟首を摑《つか》んで引き摺《ず》り立たせた。

「ビビってんじゃねえよ！」

別の若い衆が、肩を小突いてきた。

「てめえがへた打てば、俺らも殺られちまうんだよ！」

三人目の若い衆が、涙声で叫んだ。

みな、精神的に追い込まれ、神経が昂《たか》ぶっていた。

「ごちゃごちゃうるせえんだよ！　殺りゃいいんだろうが！　殺りゃよ！」

襟首を摑んでいた若い衆の手を払い、佐久間は玄関に向かった。

正直、怖い。いまにも、失禁してしまいそうだった。

牙《きば》を剝《む》き暴れ回っている虎の檻《おり》に入って行くようなものだ。

だが、虎の首を刈り取らなければ、八つ裂きにされるのは自分だ。

「よし！」

佐久間は、気合を入れて己の頰を張った――ドアを開け、共用廊下に飛び出した。

李の潜んでいる部屋のドアの前で、佐久間は深呼吸を繰り返した。

「なにやってんだ、早く」

背後から、若い衆が切迫した声で囁《ささや》いた。

「気が散るから……急《せ》かせるな」

佐久間は囁き返しながら、慎重にキーをシリンダーに差し込んだ。

このドアを開けたら、僅《わず》か数十秒で……いや、十数秒で自分か李のどちらかが死ぬことになる。

死ぬのはごめんだ。

生き残れたとしても、人殺しだ。

だが、死ぬよりはましだ。

どちらにしても、いまさら、後戻りはできない……前に踏み出すしかないのだ。

音を立てないように、ゆっくりと、少しずつキーを回した。

微《かす》かにでも音がなるたびに、手を止めた。

額、こめかみ、顎《あご》を伝って滴る汗が手の甲に落ちて弾けた。

ふたたび、キーを回し始めた。カチッ、という金属音がした。

佐久間は、勢いよく、ドアを引いた——開くと同時に、室内に踏み込んだ。

土足のまま廊下に上がり、中ドアを押した——携帯電話を耳に押し当てた李が、驚愕《きょうがく》の顔で振り返った。

「佐久間！」

白眼を剝き叫ぶ李に向け、シングルハンドで構えたデザートイーグルのトゥリガーを引いた。

物凄い轟音《ごうおん》、跳ね上がる右腕。肩に走る激痛。

後方によろめいた佐久間の視界で、フローリング床の木屑《きくず》が舞い上がった。

反動で、狙いが外れた。

その隙に、テーブル上のトカレフを手にする李――佐久間を睨《にら》む銃口。

反射的に屈《かが》んだ。

撃発音の連発。佐久間の背後で呻《うめ》き声が上がった。

佐久間の背中に、なにかが乗ってきた。

身を捻《ひね》り、振り落とした。

左側頭部の頭蓋骨《ずがいこつ》が割れ、脳漿《のうしょう》を垂れ流した若い衆の屍《しかばね》――頭の奥で、金属音が弾けた。

直射日光に灼《や》かれたように、視界が白っぽく染まった。

撃発音、怒声、悲鳴、破損音、絶叫――身を低く屈めながら、玄関に走った。


死にたくない、死にたくないっ、死にたくない！


佐久間は躓《つまず》き、バランスを崩した。

右足で、喉《のど》から鮮血を噴き出す別の若い衆の屍を踏みつけていた。

「ひぃやぁ！」

腰を抜かし、這《は》いずりながら玄関を目指した。

ドアまで、あと二、三メートル……。

ピンで留められた昆虫のように、突然、前に進まなくなった。

肺が圧迫され、息苦しさを覚えた。

背中を、誰かに踏まれている……。

恐る恐る、首を後ろに巡らせた。

口を開ける漆黒の空洞——李が、佐久間にトカレフを突きつけ吊《つ》り上がり血走った眼で見下ろしていた。

「た、た、頼む……う、撃たないで……撃たないで……」

「死ね《ジユゴ》！」

眼を閉じた。

カチッ、カチッ、カチッ、という音が、不気味な沈黙を刻んだ。

眼を開けた。

鬼の形相で、トゥリガーを引き続ける李。

弾切れ——佐久間に微笑む女神。

上体を捻り、今度はダブルハンドで構えたデザートイーグルのトゥリガーを絞った。

重厚な撃発音——李の頭が吹き飛び、生温《なまぬる》い液体が佐久間の顔に降り注いだ。

佐久間は仰向《あおむ》けに転がり、紙やすりで擦《こす》ったようなざらついた息を漏らしながら空気を貪《むさぼ》った。

ドアが開いた。

「刑事さん、ずいぶん、派手にやっちまったな。あーあーあー、こいつら、殺《や》られちまったか」

呑気《のんき》な口調で言いながら、須崎が修羅場と化した室内を見渡していた。

「こ……ここの後始末……どうする気だ……？　マンションの住人から……通報されるぞ……」

佐久間は、激しく胸板を波打たせつつ訊《たず》ねた。

「この部屋は防音壁に改築してあるから、銃声が漏れる心配はねえよ。後始末も、いま、『業者』に頼むからよ」

「『業者』って……誰……だよ？」

佐久間の問いかけに答えず、須崎はどこかに電話をかけ始めた。

「もしもし？　松谷さん？　ご依頼の件、完了しましたよ」

佐久間は、跳ね起きた。

いま、須崎は松谷と言わなかったか？　松谷とは、「国際警備」の相談役の松谷のことか？　ご依頼の件？　完了？　いったい、なにを話しているのだ？

「ええ、そうです。はい、佐久間がきっちり李の頭を吹き飛ばしましたよ」

「なっ……」

佐久間は、心臓が止まりそうになった。

「まあ、詳しい報告は今夜お会いしたときにしますよ。それより、部屋の中がえらいことになってるんで、『掃除屋』を頼みます……あ、おいっ、なにすんだ⁉」

佐久間に電話を奪われた須崎が、血相を変えて食ってかかってきた。

「あんたこそ、俺の名前なんか出して、どういうつもりだ！　松谷って、『国際警備』の松谷だろう⁉　あいつが元キャリアの天下りだってのは、あんたも知ってるだろうが⁉　松谷は、いまだに警察庁に影響力を持ってるんだぞ⁉　李を殺したのが俺だなんて言ったら……」

「うるっせえんだよ！」

須崎の怒声が、佐久間の口を閉じさせた。

「お前、気づかねえのか？　この状況で、俺がなんで松谷に電話してると思ってんだ？なんで松谷が、俺のために死体処理のプロを手配すると思ってんだ？」

「それは……」

佐久間は、すぐに言葉を返せなかった。

冷静になって考えてみれば、李を殺害した報告の電話を須崎が松谷にするのは不可解過ぎる。


——ご依頼の件、完了しましたよ。

須崎が松谷に言っていた電話の内容が蘇《よみがえ》り、佐久間の脳みそが粟立《あわだ》った。

「まさか……」

「いまさら、わかったのか？　マル暴ってのは、案外、頭悪いんだな。いいか？　今回の李殺害のシナリオは、すべて、松谷が描いた絵図だ。李は、覚醒剤《かくせいざい》の密売の上がりと引き換えに捜査情報を流していた松谷を脅していた。なんとか、佐久間に李を殺らせられないかって、相談を受けててな」

「どうして……松谷は俺に李を殺らせようとしたんだ？」

開けてはならない禁断の扉に手をかけたような不吉な予感に襲われたが、訊《き》かずにはいられなかった。

「あんた、李に脅されて『国際警備』の島内を殺した現場にいたんだろ？　松谷にとっちゃ、事情はどうであれ李の言いなりになった時点であんたは危険分子だ。おまけに、あんたは知らず知らずのうちに、署長の海東や警察庁の警備局長を使って公安部に『朝義侠』を潰《つぶ》させようとしていた松谷のシナリオを妨害した。ようするに、あんたは松谷の敵になっちまってたんだよ」

海東が自分に梓を追うのをやめさせようと圧力をかけてきた不可解な行動の謎が、ようやく解けた。

だが、それでも解せない疑問があった。

「俺が李を殺せばあんたが得をするのはわかるが、松谷にはどんなメリットがあるんだ？　別に、俺じゃなくてもチンピラに殺させれば済む話だろう？」

「なんで、俺が得するんだ？」

須崎が、携帯電話を引っ手繰るように取り戻しつつ訊ねてきた。

「それは、俺の弱みを握ったことで、無条件で捜査情報を引っ張ることができる……」

佐久間の声を、須崎の高笑いが掻《か》き消した。

「なにがおかしい？」

「お前みたいな下っ端刑事から情報なんてもらわなくても、俺には松谷って大物がいる。奴なら、警察庁や警視庁のトップシークレットも耳に入るし、いろんなことも揉《も》み消せるだけの力もあるしな。携帯に、さっきの松谷との電話の会話が全部録音してあるのさ。今後、奴との立場は完全に逆転するってわけだ」

ふたたびの須崎の高笑いが、佐久間の闇色に染まる脳内に響き渡った。

「だ、だが、あんただって、ヤバいだろう？　直接手を下してなくても、若い衆を実行犯に使った。暴対法が施行されてから、組員の罪も上役が……」

「ウチの組の若い衆だったらな」

須崎が、余裕の笑みで片側の口角を吊り上げた。

「あの三人は、あんたのとこの若い衆だろうが？」

「俺は、若い衆を付けるとは言ったが、『天昇会』のとは言ってねえぜ。あいつらは、『鹿島連合』の竹島んとこのチンピラだ。ほとぼりが冷めたら、竹島は自首することになっている。まあ、殺害に加わってなくても五、六年は食らい込むだろう。だが、シャバに戻ってきたら、『大浜会』の組長に昇格だ。竹島が出てきたら、現組長は相談役に退《ひ》くって話も、ウチのオヤジがつけてくれた。傘下団体の組長は、『親』には逆らえねえからな」

足もとがぬかるみ、ずぶずぶと沈んで行くような錯覚に襲われた。

なにからなにまで、用意周到に仕組まれたシナリオだったということか？

須崎の話が本当なら、松谷が打ってくる次の一手は……。

「お前、逃げたほうがいいぜ」

不意に、須崎が笑いを嚙《か》み殺しつつ言った。

「竹島が謳《うた》い、俺が逮捕されるってことか？」

「ほんと、馬鹿だな。お前が捕まったら、松谷のことも道連れにするだろうが？」

「じゃあ……どうして、逃げなきゃ、ならないんだ？」

「松谷は、ボスを殺されて眼の色を変えて犯人探しをする『朝義俠』の残党に、お前のことをリークするつもりだ。なんでも、『朝義俠』には李より腕の立つナンバー2がいるらしいぜ」

足首、膝《ひざ》、太腿《ふともも》、腰、胸、首……身体《からだ》が、「底なし沼」に沈んでゆく……。

もはや、自分の運命は、蜘蛛《くも》の糸に搦め捕られた蝶《ちょう》ほどの儚《はかな》さなのかもしれない。

蜘蛛の糸から脱出するには……。

「じゃあ、俺はこれから松谷と会わなきゃなんねえから、そろそろ行くわ。お前も、早いとこフケたほうがいいぜ」

他人事《ひとごと》のように佐久間の肩をポン、と叩《たた》き、須崎が玄関に向かった。

蜘蛛の糸から脱出する方法……松谷の決定的な弱みを握れば、命を狙われずに済むのはもちろん、刑事を辞めなくていい。

佐久間は、デザートイーグルのグリップを両手でしっかりと握り、狙いをつけた。

反動で跳ね上がる両腕の隙間から、勢いよく前のめりに倒れる須崎の姿を見届けた。

沓脱《くつぬ》ぎ場の血溜《ちだ》まりに転がる須崎の携帯電話……「松谷の弱み」を、佐久間は拾い上げた。

23

携帯電話を持ったまま立ち尽くす手塚が、表情を失った。

いままでみせたことのない、手塚の放心した様子に梓は胸騒ぎを覚えた。

「ねえ、どうしたの？」

沈黙に耐え切れず、梓は問いかけた。

手塚は無言で電話を切り、小さく首を横に振った。

「どうしたって、聞いてる……」

「李は、殺された」

「殺された!?」

「声が大きいっ」

手塚が唇に人差し指を立てながら、壁を指差した。

美華に、聞かれたらまずいということだろう。

「李が殺されたって、なぜわかるの？」

今度は、声を潜めて訊《たず》ねた。

「銃声と怒声が入り乱れて、誰かが、李を殺《や》ったと叫んでいるのが聞こえた……」

「誰が、李を殺ったの？」

「銃声が聞こえる前に、佐久間の名を李が叫んでいた」

手塚が、信じられない、といった顔で首を振った。

「佐久間って……組織犯罪対策課の、佐久間のこと!?」

「さあ……同姓かもしれないし……だが、李と佐久間が繋《つな》がっていた事実を考えると、偶然とは思えないな。仲間割れという線が濃厚だな」

信じられないのは、梓も同じだった。

たしかに、李と佐久間が仲間割れをしたとしても不思議ではない……というより、あのふたりが、なにごともなくうまく行くことのほうが考えづらい。

細かい経緯はわからないが、李に追い詰められた佐久間が「窮鼠《きゅうそ》猫を嚙む」の状態になったというのが妥当な線に違いない。

佐久間の暴走は、李を生け捕りにするのが至上命令の公安部にとっては大きな誤算だ。これで、李の供述をもとに「朝義俠」本部の情報を集め壊滅作戦を立てるというシナリオは白紙に戻った。

「佐久間と一緒にいたのは、誰かしら？」

逃亡の身で警戒している李の隠れ家を襲撃するには、「朝義俠」の情報に明るい組織の手引きなしでは難しい。

「確信はないが、『天昇会』が絡んでいるような気がしてならない。君は、どう思う？」

「私も、そう思うわ。もともと、佐久間は『天昇会』と近かったわけだし、十分にありえるわね」

梓が言うと、手塚が腕を組み考え込む表情を作った。

気持ちは、痛いほどわかる。

李を追い続けて三年……「朝義俠」まで遡《さかのぼ》れば七年、その期間がフイになってしまうのだ。

梓は手塚の数分の一の期間しか任務に就いていないが、それでも、李が死んだと聞いて頭が真っ白になった。

「どこに行くのよ?」

無言で寝室を出ようとする手塚に、梓は訊ねた。

「ちょっと、西原と出かけてくるから、ミファを頼む」

「だから、どこに行くのよ?」

「あとで話す」

早口で言い残し、手塚は慌ただしく部屋を飛び出した。

梓がリビングに戻ると、玄関のドアが閉まる音が聞こえた。

「どうだったの?」

ソファでクッションを抱いて座っていた美華が、涼しげな顔を梓に向けた。

「なにが?」

梓は、質問の意味がわかっていながら、美華の隣に腰を下ろしながら訊ね返した。

平静を装っているが、内心では、李との電話の内容が気になって仕方がないはずだ。

「パパ、こないって言ってたでしょう?」

「え、ええ……そうね」

「ほら、私の言ったとおりでしょう? パパは、娘への情で『朝義俠』を窮地に追い込んだりしないんだから」

言葉とは裏腹に、美華の瞳《ひとみ》が暗く翳《かげ》った。

強気な姿勢を貫いているが、本当は、父が救出に現れてくれるのを心待ちにしているに違いない。
七、八歳の少女が、弱音を吐かないのは驚愕《きょうがく》に値する。
が、それが、余計に哀切さを浮き立たせてしまう。

できることなら、伝えてやりたかった。

あなたのパパは、すぐに飛んでこようとしていた、と。

しかし、李が死んだ以上、それを口にすることはできなかった。

もう、美華は、永遠に父に会えないのだから……。

「そうね……あなたの言うとおり、意志の強いパパね」

「あたりまえじゃない。パパは、世界の頂点に立てる人よ。娘のことで弱気になるような、情けない男じゃないわ」

きっぱりと言う美華の眼に、うっすらと光るものがみえた。

「ミファちゃん、ディズニーランドって知ってる？」

無意識に、口をついた言葉に、梓は自分でも驚いた。

「なによ、急に？　知ってるわよ。ネズミやアヒルが子供を騙《だま》してお金を絞り取る悪魔の館でしょ？」

「悪魔の館……」

二の句が継げなかった。

恐らく、李にそう教え込まれたのだろうが、あまりにも憐《あわ》れでならなかった。

「違うわよ。いろんな乗り物があったり、シンデレラ城があったり、凄《すご》く愉《たの》しいところよ。もしよかったら、一度、私と行ってみない？」

なにを言ってるの？

ターゲットの娘を遊びに連れて行こうだなんて、正気なの？

公安捜査官としての自分の厳しい叱咤《しった》の声が、脳内に反響した。

「馬鹿馬鹿しい。その手には乗らないわよ。私を堕落させようとしても、無駄だから」

吐き捨てるように言ってはいるが、落ち着きなく動く黒目が美華の動揺を代弁していた。

もし、いまの会話を手塚が耳にしたら、呆《あき》れ果てることだろう。

わかっていた。

自分が美華にたいしてやろうとしていることは、国家にたいしての謀反にあたる危険な行為だということが。

だが、それでも梓の胸奥から突き上げる衝動は、美華に自分と同じ匂いを嗅《か》ぎ取ったから――梓も美華も、本来あるべき姿を無窮の闇に封印され、偽りの姿でしか生きることを許されない人間になってしまった。

そして、いつの間にか、偽りの自分が、本当の自分であると錯覚するようになってしまった。

己を本物の鳥だと信じ込み、大空を舞い、やがて、脆《もろ》く砕け散る硝子《ガラス》の鳥のように……。

「ミファちゃん、あなたはね、本当は……」

ドアの開閉音――梓の「暴走」を見透かしたように、手塚が戻ってきた。

「話の続きは、あとでね」

美華に言い残し、梓はソファから腰を上げた。

「早かったじゃない。どこに……」

中ドアのほうを振り返った梓は、リビングに現れた男性をみて絶句した。

「なぜ……ここに!?」

相手に聞こえたかどうかわからないほどの薄く掠《かす》れた声で、梓は省吾に問いかけた。

混乱と焦燥が、梓の思考力を麻痺《まひ》させた。

死んだはずの友人が目の前に現れたら、きっと、同じような気持ちになるだろう。

省吾は、いままでみたことのないような無機質な瞳で梓をみつめていた。

梓の前に立っているのは、間違いなく省吾だ。

しかし、自分が知っている省吾ではない。

「庸!」

美華が、省吾に駆け寄り抱きついた。

「え……？」

省吾と美華が知り合い？

この状況が、梓には理解できなかった。

しかも美華が口にした名前は、省吾とは違うような気がした。

「ミファ、無事だったか？」

省吾が、美華に母国語で語りかけた。

ミファ、無事だったか——梓は訳した。

省吾と美華は、知り合いなのか？

「あたりまえじゃない。私はパパの子よ。庸は、パパに頼まれてきてくれたの？」

「そうだ。兄貴にミファのことを頼まれたんだ」

省吾が、美華の頭に手を置きながら言った。

あたりまえじゃない。私はパパの子よ。庸は、パパに頼まれてきてくれたの？

そうだ。兄貴にミファのことを頼まれたんだ。

ふたりの母国語のやり取りを訳した梓の脳内の混乱に拍車がかかった。

パパに頼まれた……誰が？

兄貴……誰の？

庸？　庸？　庸？

庸……！

物凄《ものすご》い勢いで、梓の記憶の車輪が遡《さかのぼ》り始めた。

――「朝義侠」日本支部を指揮しているのは、ナンバー2の庸という男らしい。

――内通者の情報によれば、李と庸は異母兄弟だそうだ。庸は、「朝義侠」とは別行動をすることが多くて、いわゆる裏部隊だ。警察組織にたとえれば、刑事部ではなく公安部って感じかな。

――李の率いる本隊とは別に、個別で動く可能性がある。庸は、朝鮮人民軍総参謀部偵察局の情報処に所属している工作員だという噂がある。

――さあ、噂は聞くが、奴の動きはまったく摑《つか》めてない。日本には潜伏しているらしいが、それさえも確証はないからな。だが、気は抜けない。これも噂だが、「朝義侠」の本部での評価は、コントロールしづらい李よりも庸のほうが高いって話もあるくらいだ。もしかしたら本部は、李は切り込み隊長の役割で、ゆくゆくは庸に日本支部の司令塔を任せるつもりかもな。

脳裏に蘇《よみがえ》る手塚の声が、梓の全身を巡る血液を氷結させた。

省吾が、右手を腰に回した――真っ直ぐに伸ばされた右手が、梓に向けられた。

右腕の先には、水平に倒された拳銃《けんじゅう》が握られていた。

「悪く思わないでくれ」

省吾が、抑揚のない声で言った。

「省吾……これは……どういうことなの？」

問いかける自分の声が、他人のもののように感じた。

「俺の名前は省吾じゃなく、庸……李の弟だ」

梓をみつめる瞳は、いつもの優しく温かなものではなく、人形の瞳のように動きがなかった。

「う……嘘でしょう……悪い冗談は、やめてよ……」

そう言ったものの、美華との会話、手塚から聞いた情報を重ね合わせると、冗談である確率は皆無と言ってもよかった。

「もう一度言う。俺は省吾ではなく『朝義侠』の庸だ。兄から二時間ごとに連絡を貰《もら》っていた。二時間過ぎても連絡がないときはお前に任す……そう指令を受けていた。君のマンションから尾《つ》けて、ここを突き止めた。兄からの連絡が途絶えた。俺が、動くときがきた」

彼の眼差《まなざ》しは氷のように冷たく、口調は機械のように淡々とし、梓の知っている省吾とは別人だった。

そう、梓が愛した男性は省吾ではなく、「朝義侠」から送り込まれた……。

「最初から……そうだったの？」

折れそうになる心を奮い立たせ、梓はふたりの出会いの頃に思いを馳《は》せた。

約一年前……省吾とは、梓が常連の自宅マンション近くのカフェで出会った。

梓はそのカフェで朝食を摂《と》りながら読書する時間を大事にしていた。

ある日、梓の隣の席で同じように読書しているスーツ姿の三十歳前後の男性がいた。

梓は、男性のことが気になった。

というのも、男性が読んでいた本が『シートン動物記』だったからだ。

仕立てのいいスーツを着こなすエリート商社マン然とした男性がチョイスするジャンルとしては珍しく、梓の印象に強烈に残った。

——あの、桜井さんという男性の方から、預かり物をしているのですが、お渡ししてもよろしいですか？

いつものようにカプチーノを注文した梓に、顔馴染《なじ》みの女性店員が遠慮がちに言った。

——桜井？

聞き覚えのない男性の名前に、梓は警戒した。

――これなんですけど……。

女性店員が差し出したのは、『シートン動物記』だった。

――ああ、ここ何日かきていた男の人？

梓の中に芽生えた警戒心は薄れたものの、代わりに疑問が生まれた。

――ええ。いつも小説を読んでいる女性の方によかったら読んでほしいと頼まれました。読み終わったら、店に返してくれればいいそうです。

警戒心はあったが、不快な気分にはならなかった。

梓の二十七年間の人生で、初めて体験する不思議な感覚だった。

男性は、それからしばらく、カフェに現れなかった。

『シートン動物記』を読み終え、店員に返してから一週間が過ぎた頃、男性はひさびさに店に現れた。

梓は事務的に礼だけ述べると、いつものようにひとりの世界に戻り読書に耽《ふけ》った。

本当は、梓の中で男性の存在が大きくなっていたが、認めるわけにはいかず、無理矢理意識を逸《そ》らしていた。

——あの本を読む前と後では、流行作家の小説を読んでも感じかたが違いません？

隣の席から唐突に、桜井が話しかけてきた。

——どうして、私に本を貸してくれたんですか？

梓は、一番の疑問を口にした。

——本がお好きなようでしたから、感想を聞きたかったんです。

——なにをです？

——最近の話題の小説はたしかに完成度も高くストーリーもよく練り込まれていますけど、あざとさを感じてしまうんです。ここで驚かせてやろう、ここで泣かせてやろう、みたいなね。その点、『シートン動物記』とか児童向けの本って、人間にとって大事なことやいけないことを伝えるのが目的だから、物語の構築とかテクニックとかに囚《とら》われてないぶんストレートな感動があるんです。人間って、大人になるに従っていろんな鎧《よろい》を身につけますよね？　本当は言いたくないんだけどとか、君のためを思ってとか……

たしかに語彙《ごい》が多いぶん人間関係がスムーズに行っているとは思いますけど、響かないんですよね、胸に。一度、そのことについて考えたことがあるんです。僕は、本当に相手のためを思ってその言葉を口にしてるのかなって。結論は、多くの場合、本当に言いたいことの前後につけている言葉って、自分を守るためのものなんだと気づいたんですよ。

一年も昔のやり取りが、昨日のことのように蘇った。

交際を始めてからの省吾も、出会いの頃と変わらず、誠実で純粋なハートの持ち主だった。

いつでも、自分のことはあと回しで、梓のことを優先的に考えてくれた。

省吾と一緒にいる時間は、陽だまりの中庭に吊《つ》るされたハンモックで揺られているような気分でリラックスできた。

それもこれも、すべて、演技だったというのか？

「公安捜査官の君に近づくために、カフェで出会う一年前から片桐梓を徹底的に調査した。本名は牧瀬香織。自宅は代官山《だいかんやま》。1DKのマンションにひとり暮らし。実家は東京。兄弟はなし。父親は元警察官で二十年以上前に自殺。母親は専業主婦。趣味は読書。時間を潰《つぶ》すのは読書をするためのカフェか書店。行きつけのカフェは代官山駅前の『シャルロット』。好きな食べ物はパスタ類。ファッションはパンツルックを好み、色は黒やグレイの暗色が多い。体調管理には敏感で、コンビニでは必ずカロリー表示や原材料をチェックする。週一ペースでDVDをレンタルする。家族ものや動物もののコーナーにいることが多い。一年間、君を分析した上で、効果的な出会いを演出した。公安捜査官の君は並外れて警戒心が強く、普通の出会いでは交際に持ち込めない。俺は、人民軍時代に心理術を学んだ。人間の警戒心を解く最適な方法は、ある出来事で驚かせたあとに安心させること。驚き、一度警戒心が高まった直後に安心すると人間は、安心した対象は出来事なのに、相手にたいしてまで警戒心を解き親近感まで抱く。読書好きの君に恋愛小説やミステリー小説ではなく『シートン動物記』という変わり種の本を貸したのは、驚きを与えると同時に俺の印象を強烈に刻み込むためだ。作戦が成功したかどうかは、君が一番わかっているはずだ」

省吾のひと言ひと言が、梓の思い出をズタズタにした——心も、ズタズタになった。

「ひどい……ずっと前から……騙《だま》してたなんて……」

ふたりの思い出のカフェでの出会いは、「朝義俠」が一年前から仕込んでいたシナリオの一部……交際を始めてからの省吾の柔らかな眼差しも、優しい声も、穏やかな笑みも、綿密に計算された芝居。

腰から下に力が入らず、立っているのが精一杯だった。

「外資系商社マンの桜井省吾も、空間デザイナーの片桐梓も存在しない。俺と君のやったことは同じだ」

「同じゃないわっ。私は、あなたを偽っていたけど、あなたへの想いには嘘はなかった。あなたは……」

どうなの？　という言葉を梓は呑《の》み込んだ。

真実を聞いたいま、答えはわかっていた。

それでも、彼の口からそれを聞いてしまうのは怖かった。

「俺が君と交際したのは、公安部の情報を得るためだ。それ以上でも、それ以下でもない」

眉《まゆ》ひとつ動かさず、省吾が言った。

梓は、立ち眩《くら》みに襲われた。

これは、悪夢だ……悪夢であってほしい。

「兄さんから、君を殺すように命じられている。拳銃《けんじゅう》を、手に取るんだ」

「え？」

省吾の言っている意味がわからなかった。

「芝居とは言え、一年間、恋仲を演じた君に免じてチャンスをやる」

「お願い……省吾……こんなの、いやよ。あなたと、殺し合うなんて……無理よ……」

「勘違いするな。その気になれば、いますぐにでも君を殺せる。情けで、拳銃を手にできるチャンスを与えると言ってるのさ。さあ、早く、拳銃を取れ！」

「いやよ……いやよ……省吾、お願いだから、思い直して！」

首を横に振りながら、梓は涙声で訴えた。

婚約者の桜井省吾は「朝義俠」のスパイ。この状況で、まさか彼が嘘を吐《つ》いていると
は思わない。

しかし、だからといって、生まれて初めて愛した男性に……つい数分前まで愛してい
た男性に、拳銃を向けることなどできはしない。

「何度言わせる気……」

叩《たた》きつけられるようなドアの開閉音に続き、撃発音がした。

省吾の頭が後方に仰《の》け反り、鎖が切れたサンドバッグのようにうつ伏せに倒れた。

「省吾……？」

呆然《ぼうぜん》と立ち尽くした梓は、恐る恐る、声をかけた。

視界の端を、影が掠《かす》めた。

「大丈夫か⁉」

誰かが、肩を揺すった。

「離して！　省吾が……省吾が！」

省吾のもとに駆け寄ろうとしたが、誰かに壁に押さえつけられ身動きが取れなかった。

「しっかりしろっ。奴は桜井省吾じゃない、李と異母兄弟の庸だ！」

「省吾は死んだの⁉　あなたが殺したの⁉　なんで殺したのよ！」

梓は、自分を押さえつける男に張り手を飛ばした。

男に手首を摑《つか》まれ、頰に衝撃が走った。

「いい加減にしろ！　女に戻りたいなら、いますぐ辞表を出せ！」

男……手塚の怒声に、全身から力が抜けた。

梓は壁を背に、ずるずると腰砕けになった。

「全部、知ってたのね……」

正気を取り戻した梓は、虚《うつ》ろな視線を省吾……庸の屍《しかばね》に向けながら独り言のように呟《つぶや》いた。

西原が、庸の傍らで腰を抜かしへたり込む美華を抱きかかえ隣室に消えた。

「ああ。庸が桜井省吾を名乗り君に接触したことも……。半年くらい前に、永谷部長に呼び出された。『朝義俠壊滅作戦』の任務に就いている片桐梓が交際している男を調査してほしい……そう指令を受けた。男の尾行を開始してから二週間ほどで、携帯電話で李と連絡を取っている現場を押さえた」

「だったら、そのときにどうして教えてくれないのよ！　ターゲットに騙される馬鹿な女だと、みんなで笑ってたわけ⁉」

梓はぶつけようのない怒りの矛先を、手塚に向けた。

結局、庸も手塚も梓を騙していた。

救いようのない、馬鹿な女だ。

公安捜査官として、失格だ。

「そうじゃない。片桐梓と交際している男が『朝義侠』に関係しているとわかっても、どんな立場で、なにを任務にしているのかまでわからない。上から、君とコンビを組み、男の調査を続けろという指令が下りてきたのさ」

「つまり、私は庸を炙《あぶ》り出すための囮《おとり》だったわけね」

梓は、平板な声音で呟いた。

「この件については、任務だから謝ることはしない」

「謝ってもらっても……」

省吾は帰ってこない、という言葉を口に出そうとして、思い直した。

もともと、省吾なる男性は存在しないのだ。

「ただ、救出が遅れて君を危険な目にあわせてしまったことは謝る。庸は君の自宅を知っている。李にばかり頭を取られ、庸が君を尾《つ》けてこのマンションを突き止める可能性もあるということが頭から抜けていた」

「それでさっき、慌てて外に飛び出して行ったんだ……」

手塚に、というよりも、梓は独り言のように言った。

手塚と、会話がしたいわけではない。

ただ、黙っていると、自分を見失ってしまいそうで怖かった。

「ああ。西原と手分けして近辺をみて回っている隙に、庸は部屋に忍び込んだ。外にはいなかったから、恐らく、既に建物内に潜んで警備が手薄になる瞬間を狙っていたんだろう。さすがは、優秀なスパイなだけはある。完全に、裏をかかれたよ」

もう、どうでもよかった。

梓には、牧瀬香織を「殺して」費やしてきた片桐梓としての歳月が、まったく無意味だったという事実だけが残された。

数年間張り詰めてきた糸が切れたように、梓は虚無感に支配されていた。

「だが、ひとつだけ、わからないことがある。どうして、庸はすぐに君を……」

手塚は言葉を切り、庸の屍に歩み寄ると拳銃を握り締めた五指を一本ずつ剝《は》がし始めた。

床に落ちた拳銃を、白手袋を嵌《は》めた手で拾い上げ、マガジンを抜いた。

「やっぱり……」

手塚は呟きながら、梓のもとに戻るとマガジンを眼前に突きつけた。

「なによ？」

「よくみてみろ」

わけがわからないまま、マガジンに視線を移した。

「なんで……」

梓は、息を呑んだ。

マガジンには、一発の弾丸も込められていなかった。

「俺は、ミファのところに行って父親の死を伝えてくる。結構、時間がかかると思うから、ここで待っててくれ」

手塚は言うと、寝室に足を向けた。

「ひとつだけ、思い違いをしていた」

寝室に続くドアに手をかけた手塚が立ち止まり、背を向けたまま言った。

「庸が優秀なスパイだったのは、どうやら、君と接触する前までの話だな」

手塚が優しさを残し、寝室に消えた。

滲《にじ》む視界――梓は、ふらふらと立ち上がり、「省吾」のもとに行くと屈《かが》んだ。

肩が震えた、唇が震えた……心が震えた。

梓は、うつ伏せの「省吾」に覆い被《かぶ》さるように身体を重ねた。

きつく嚙《か》み締めた手の甲に、うっすらと鮮血が滲んだ。

24

ガスと水道の元栓、電気のブレーカーを再確認した梓は、二年間住んでいた部屋を見渡した。

この部屋で、シャワーを浴びたり寝たりする以外に、なにかをやっていた記憶がなかった。

泊まり込みの任務も多く、部屋を何週間も空けることもあった。

梓は、腕時計をみた。

午前十一時を過ぎたところだった。

あと四時間後には、梓は機上の人となる。

行き先はスイス。永谷に提示された十ヵ国の中から、梓は迷わず選んだ。


——いつか、結婚できたら、新婚旅行はスイスにしようね。

——スイス？


代官山のカフェでふたりで昼食を食べているときに、唐突に、省吾が言った。


——うん。スイスにルツェルンって湖の街があるんだけど、一度、君を連れて行きたくて。寄り添うように湖面に浮く白鳥を、手を繫《つな》ぎながら仲良く散策する老夫婦が眺める姿が、みているだけでこっちを幸せな気分にするんだ。

——年を取っても、そうやっていつまでも仲良くできるって素敵ね。

——将来、白髪で皺々《しわしわ》になったときに、同じ姓になった僕達ふたりでスイスに住めてるといいね。

あのとき、省吾がそう言ってくれることが、梓は凄《すご》く嬉《うれ》しかった。

叶《かな》わぬ夢……存在を偽って交際しているのに、結婚など、できるわけがないと哀しい気分になった。

公安捜査官を引退して、もし、梓が秘密を打ち明けたとしたら……省吾はきっと許してくれないと思っていた。

結果、省吾も梓を偽っていた。

彼の本名は、庸尊斗《ヨウチャンドウ》。庸は、朝鮮人民軍総参謀部偵察局の情報処に所属している工作員であり、「朝義侠」日本支部のナンバー2だった。

異母兄弟の兄である李から、「朝義侠壊滅作戦」に心血を注ぐ公安部の動きを把握するために、公安捜査官との接触を厳命されていた。

ターゲットに深く接触するためには、男性捜査官よりも女性捜査官のほうが任務遂行しやすいという理由で、梓に白羽の矢が立った。

彼は、どんな気持ちでスイスの話をしていたのだろうか？

彼は、どんな気持ちで梓にプロポーズをしたのだろうか？

梓を自分の虜《とりこ》にし、より深い関係になることで、さらなる情報を引き出そうとしていたのだろうか？

――俺が君と交際したのは、公安部の情報を得るためだ。それ以上でも、それ以下でもない。

彼からその言葉を聞いたとき、悪い夢をみているのではないかという錯覚に襲われた。

――兄さんから、君を殺すように命じられている。拳銃《けんじゅう》を、手に取るんだ。芝居とは言え、一年間、恋仲を演じた君に免じてチャンスをやる。

あのときは、彼の同情が、そう言わせたのだと思っていた。

梓が拳銃を手にしたところで、射撃術のレベルの違いに絶対的な自信を持っているのだろうと……。

しかし、彼の拳銃には一発の弾も込められていなかった。

――庸は、君に止《とど》めを刺させることで、桜井省吾でいようとしたのかもしれないな。

すべてが終わり、美華を監禁していた八王子のマンションから警視庁に向かう車中で、感慨深げな表情で手塚が言った。

彼の真意は、二ヶ月経ったいまもわからない。

ただ、ひとつ言えるのは、彼に梓を殺す気はなかったということだ。

梓は、感傷にフォーカスを当てようとする意識を引き戻した。

なにをどう悔やんでも、彼が生き返ることはない——万が一、生き返ったとしても、梓と彼の立場では、結ばれることはない。

梓はスーツケースを転がしながら、玄関を出た。

迷わず、エレベータに乗った。

いままでなら、警戒して階段を使うこともあった。

牧瀬香織に戻った自分には、もう、その必要はない。

彼が死んでから、本名を名乗ることになるとは皮肉なものだ。

「片桐さん」

エレベータを下りエントランスを出た梓は、背後から声をかけられた。

振り返った梓は、思わず身構えた。

「驚かせて、悪いな」

佐久間が、不快な笑みを湛《たた》えながら歩み寄ってきた。

生理的に受け付けない嫌悪感を与えるのは相変わらずだが、以前のように高価なブランド品で固めた成金ファッションから地味な出《い》で立ちに変わっていた。

「なにか用？」

梓は、硬い表情で言った。

「そう警戒するなって。李はもういないわけだし、俺も、いまじゃ真面目に刑事してるんだからよ」

「どうして、ここがわかったの？」

公安捜査官が住むマンションはトップシークレットで、警察内の他部署の署員はもちろん、同じ公安部の人間にも所在を明かさない。

「松谷の旦那《だんな》にちょいと動いて貰《もら》ったのさ。しかし、公安部ってのもなんだな、現役の捜査官にたいしては徹底した秘密主義を貫くが、辞めた人間にたいしては呆《あき》れるほどオープンになるんでびっくりだぜ」

佐久間が、大袈裟《おおげさ》に驚いた表情を作り肩を竦《すく》めた。

梓は、佐久間がなぜいまさら自分の前に現れたのか真意を測りかねていた。

「それにしても、俺とあんたがこうやって会うってのもおかしな感じだな」

「あまり時間がないの。用がないなら、これで」

「ひとつだけ、教えてくれ」

梓は、踏み出しかけた足を止めた。

「なに？」

「なんで、警察を辞めたんだ？　あれだけ心血注いでいた仕事だろうが？」

「あなたこそ、よく刑事を名乗れるわね。島内さんと李を殺したのは、あなたでしょう？」

相手をする気はなかったが、顔をみた瞬間、佐久間にたいしての鬱積《うっせき》が噴出した。

「ああ、その通りだ。ついでに言えば、『天昇会』の須崎を殺したのも俺だ。だがよ、俺は自分が警察官であり続けることを、少しも恥じちゃいない。なんでか、教えてやろうか？　俺は、須崎に唆《そその》かされるように李を殺した。だがよ、その須崎に李殺しを命じていたのは松谷だったんだ。俺は、須崎と松谷が李殺害を話している会話が録音されている携帯電話を持っている。いまでは、松谷は俺の言いなりだ。松谷は、公安部の上層部とも繋がってる。松谷と公安部は、『朝義侠』潰《つぶ》しで思惑が一致していた。松谷は、『天昇会』から覚醒剤《かくせいざい》取り引きの上がりを貰ってる関係上、李が邪魔だったのさ。つまり、俺が言いたいのは、犯罪に手を染めている松谷に協力する公安部の上層部も犯罪者だろうが？　俺も汚いかもしれねえが、上の連中はもっと大きな罪を犯している。いいか？　俺もあんたも、国家権力という巨悪に利用されていたんだよ。憎み合ってた敵同士だったけど、巨大な陰謀を知っちまったら、なんだかあんたに会いたくなってな」

佐久間が、暗く物哀しい瞳《ひとみ》で梓をみつめた。

傷を舐《な》め合う気も、「巨悪」にたいしての怒りや虚《むな》しさを共有し、佐久間の正当化につき合う気もなかった。

「人が死んでいる事件に、罪の大小は関係ないわ。自分に言い聞かせようとしてるんでしょうけど、あなたも、その『巨悪』となにも変わらない薄汚い人間よ」

蔑《さげす》んだ眼を残し、梓は歩き出した。

「おい、まだ答えてねえぞ！　悪い奴らは何食わぬ顔してんのに、あんたがどうして辞めるんだよ!?」

梓は佐久間の問いかけに答えることなく、空港に行くタクシーを拾うために大通りに向かった。

壊れた硝子《ガラス》の鳥は、二度と大空を舞うことはできない。

だが、大空を舞っていたときの思い出が消えることはない。

「思い続けてて……いいよね？」

梓は、心の中の「省吾」に語りかけた。

（完）

本書は二〇一一年八月に小社より刊行された
単行本を加筆・修正して文庫化したものです。

硝子《ガラス》の鳥《とり》

新《しん》堂《どう》冬《ふゆ》樹《き》

平成25年 8月25日 初版発行
令和4年 9月20日 4版発行

発行者●堀内大示

発行●株式会社KADOKAWA
〒102-8177 東京都千代田区富士見2-13-3
電話 0570-002-301(ナビダイヤル)

角川文庫 18102

印刷所●株式会社KADOKAWA
製本所●株式会社KADOKAWA

表紙画●和田三造

●お問い合わせ
https://www.kadokawa.co.jp/ (「お問い合わせ」へお進みください)
※内容によっては、お答えできない場合があります。
※サポートは日本国内のみとさせていただきます。
※Japanese text only

ISBN978-4-04-100967-3 C0193

角川文庫発刊に際して

角川源義

第二次世界大戦の敗北は、軍事力の敗北であった以上に、私たちの若い文化力の敗退であった。私たちの文化が戦争に対して如何に無力であり、単なるあだ花に過ぎなかったかを、私たちは身を以て体験し痛感した。西洋近代文化の摂取にとって、明治以後八十年の歳月は決して短かすぎたとは言えない。にもかかわらず、近代文化の伝統を確立し、自由な批判と柔軟な良識に富む文化層として自らを形成することに私たちは失敗して来た。そしてこれは、各層への文化の普及滲透を任務とする出版人の責任でもあった。

一九四五年以来、私たちは再び振出しに戻り、第一歩から踏み出すことを余儀なくされた。これは大きな不幸ではあるが、反面、これまでの混沌・未熟・歪曲の中にあった我が国の文化に秩序と確たる基礎を齎らすためには絶好の機会でもある。角川書店は、このような祖国の文化的危機にあたり、微力をも顧みず再建の礎石たるべき抱負と決意とをもって出発したが、ここに創立以来の念願を果すべく角川文庫を発刊する。これまで刊行されたあらゆる全集叢書文庫類の長所と短所とを検討し、古今東西の不朽の典籍を、良心的編集のもとに、廉価に、そして書架にふさわしい美本として、多くのひとびとに提供しようとする。しかし私たちは徒らに百科全書的な知識のジレッタントを作ることを目的とせず、あくまで祖国の文化に秩序と再建への道を示し、この文庫を角川書店の栄ある事業として、今後永久に継続発展せしめ、学芸と教養との殿堂として大成せんことを期したい。多くの読書子の愛情ある忠言と支持とによって、この希望と抱負とを完遂せしめられんことを願う。

一九四九年五月三日

角川文庫ベストセラー

忘れ雪　新堂冬樹

「春先に降る雪に願い事をすると必ず叶う」という祖母の言葉を信じて、傷ついた犬を抱えた少女は雪を見上げた。愛しているのにすれ違うふたりの、美しくも儚い純愛物語。

ある愛の詩　新堂冬樹

小笠原の青い海でイルカと共に育った心やさしい青年・拓海。東京で暮らす魅力的な歌声を持つ音大生・流歌。二人は運命的な出会いを果たし、すれ違いながらも純真な想いを捧げていくが……。

あなたに逢えてよかった　新堂冬樹

もし、かけがえのない人が自分の存在を忘れてしまったら？　記憶障害という過酷な運命の中で、ひたむきに生きてゆく2人の「絶対の愛」を真正面から描いた、純恋小説3部作の完結篇。

ブルーバレンタイン　新堂冬樹

暗殺者として育てられたアリサは、機械のような非情さから、バレンタインというコード・ネームで怖れられた……。極限のアクションと至高の愛。感動のノンストップ・ノベル！

女優仕掛人　新堂冬樹

瞬時の駆け引き、スキャンダル捏造、枕営業――。仕掛けられた罠、罠、罠。みずから芸能プロダクションを経営する鬼才・新堂冬樹が、芸能界の内幕を迫真の筆致で描く！

角川文庫ベストセラー

かくカク遊ブ、書く遊ぶ　大沢在昌

物心ついたときから本が好きで、ハードボイルド作家になろうと志した。しかし、六本木に住み始め、遊びを覚え、大学を除籍になってしまった。そんな時に大沢在昌に残っていたものは、小説家になる夢だけだった。

天使の牙(上)(下)　大沢在昌

新型麻薬の元締め〈クライン〉の独裁者の愛人はつみが警察に保護を求めてきた。護衛を任された女刑事・明日香ははつみと接触するが、銃撃を受け瀕死の重体に。そのとき奇跡は二人を〝アスカ〟に変えた！

過去　北方謙三

突きささる熱い視線。人波の中に立っていたのは刑事、村尾。四年ぶりの出合いだった……服役中の川口から、会いに来てくれという一通の手紙。だが、急死。川口は何を伝えたかったのか？

二人だけの勲章　北方謙三

三年ぶりの東京。男は死を覚悟で帰ってきた。迎え撃つ親友の刑事。男を待ち続けた女。失ったものの回復に命を張る酒場の経営者。それぞれの決着と信頼を賭けて一発の銃弾が闇を裂く！

さらば、荒野　北方謙三

冬は海からやって来る。静かにそれを見ていたかった。だが、友よ。人生を降りた者にも闘わねばならない時がある。夜、霧雨、酒場。本格ハードボイルド〝ブラディ・ドール〟シリーズ開幕！

角川文庫ベストセラー

約束の街②
たとえ朝が来ても
北方謙三

約束の街③
冬に光は満ちれど
北方謙三

約束の街④
死がやさしく笑っても
北方謙三

約束の街⑤
いつか海に消え行く
北方謙三

約束の街⑥
されど君は微笑む
北方謙三

友の裏切りに楔を打ち込むためにこの街にやってきたはずだった。友のためにすべてを抛つ男。黙した女の深き愛。それぞれの夢と欲望が交錯する瞬間、街は昂る！　孤高のハードボイルド。

私は、かつての師を捜しにこの街へ訪れた。三千万円の報酬で人ひとりの命を葬る。それが彼に叩き込まれた私の仕事だ。お互いこの稼業から身を退いたはずなのに、師は老いた躰でヤマを踏もうとしていた。

虚飾に彩られたリゾートタウンを支配する一族。彼らの実態を取材に来たジャーナリストが見たものは……血族だからこそ、まみれてしまう激しい抗争。男たちは愛するものを守り通すことが出来るのか？

妻を事故でなくし、南の島へ流れてきた弁護士。人の命を葬る仕事から身を退いた薔薇栽培師。それぞれの過去。そして守るべきもの。友と呼ぶには、二人の出会いはあまりにもはやすぎたのか。

N市から男が流れてきた。川中良一。人が死ぬのを見過ぎた眼を持っていると思った。彼の笑顔はいつも哀しそうだとも思った。また「約束の街」に揉め事がおこる。

角川文庫ベストセラー

約束の街⑦
ただ風が冷たい日　北方謙三

高岸という若造がこの街に流れてきた。高岸の標的は弁護士・宇野。どうやら、ホテルの買収を巡るいざこざが発端らしい。だが事件の火種は、『ブラディ・ドール』オーナー川中良一までを巻きこむことに。

日本怪魚伝　柴田哲孝

幻の魚・アカメとの苦闘を描く「四万十川の伝説」、幕府が追い求めた巨鯉についての昔話をめぐる「継嗣の鐘」――。多くの釣り人が夢見る伝説の魚への憧憬と、自然への芯の通った視線に溢れる珠玉の一二編。

GEQ
大地震　柴田哲孝

1995年1月17日、兵庫県一帯を襲った阪神淡路大震災。死者6347名を出したこの未曾有の大地震には、数々の不審な点があった……『下山事件』『TENGU』の著者が大震災の謎に挑む長編ミステリー。

マリア・プロジェクト　楡　周平

妊娠22週目の胎児の卵巣に存在する700万個の卵子。この生物学上の事実が、巨額の金をもたらすプロジェクトを生んだ！　その神を冒瀆する所業に一人の男が立ち向かうが……。

フェイク　楡　周平

大学を卒業したが内定をもらえず、銀座のクラブ「クイーン」でボーイとして働き始めた陽一。多額の借金を返済するため、世間を欺き、大金を手中に収めようとするが……。軽妙なタッチの成り上がり拝金小説。